夢を売る男

百田尚樹

Naoki Hyakuta

太田出版

夢を売る男

目次

造本装幀　岡　孝治＋甲地亮太

1　太宰の再来

牛河原勘治《うしがわらかんじ》が椅子にもたれて鼻くそをほじっていると、デスクの上の電話が鳴った。

牛河原は右手の指を鼻に突っ込んだまま、左手で受話器を取った。

「牛河原だ」

「受付ですが、大森《おおもり》さんという方がいらっしゃっています」

「すぐ行く」

彼は受話器を置くと、机の裏に鼻くそをなすりつけ、目の前に積まれた封筒の山から「大森」と書かれたものを抜きとった。

「どこの応接室が空いてる？」

牛河原の大きな声に、一番近くの江藤順子《えとうじゅんこ》が、「D応接室が空いてます」と答えた。

編集部長の牛河原のデスクは窓際の中央にあり、そこから三列ある部員たちの机が見渡せた。

「ホワイトボードにD応接って書いておいてくれ」

牛河原は江藤にそう言うと、編集部の部屋を出た。

五階のエレベーターの前に、同じ編集部の荒木計介《あらきけいすけ》が立っていた。荒木は牛河原の十五歳下の三十歳だが、半年前に途中入社した新人だった。

「新人作家ですか」

荒木は牛河原の封筒を見て訊《き》いた。

「ああ、今から会う」

「どんな人です？」

「二十九歳の天才作家だ」と牛河原は答えた。「太宰《だざい》の再来だよ」

「ええっ！」荒木は目を丸くした。「僕より一つ若いのにすごいですね」

「五十年に一度の天才出現だ」

「やりましたね」

荒木は親指を立てた。その時、上りのエレベーターが来た。荒木は「その天才のお話、あとで聞かせてくださいね」と言いながらエレベーターに乗り込んだ。少し遅れて下りのエレベーターが来た。

牛河原がエレベーターで一階ロビーに着くと、美しい受付嬢が立ち上がって、コーナーを手で示した。

豪華なロビーの一隅に置かれているソファーに繊細そうな青年が俯《うつむ》き加減に座っていた。

前髪が垂れていて、表情が見えない。膝の上で指を組んでいる。

「やあ、大森君！」

牛河原は快活な声で言った。青年はびくりと小さく体を震わせると、弾かれたように顔を上げた。それから指をほどいてゆっくりと立ち上がった。

小柄で痩《や》せた体によれよれのジャケットをはおっていた。百八十センチ、九十キロの牛河原と比べると、大人と子供くらい体格が違った。

「元気か」

牛河原の言葉に大森は笑って応えようとしたが、緊張のためか笑顔がぎこちなかった。

「よく来てくれた。待ってたよ」

牛河原は右手を差し出した。大森はおずおずとその手を握った。牛河原は満面の笑みを浮かべながら、大きな手で大森の華奢《きやしや》な白い手を強く握ると、左手で彼の肩を抱いた。青年は初めて少し笑顔を見せた。

「じゃあ、応接室に行こう」

牛河原は受付で入館バッジを受け取って大森に渡すと、広い廊下を通って一階のＤ応接室に案内した。

十畳はある広い部屋の中央には革張りのソファーが二つ置かれてある。その間には厚いガラスのテーブルがどかんと鎮座している。壁には桜の木が使われ、床には厚い絨毯《じゆうたん》が敷かれていた。

大森はどこに座っていいかわからなかったのか、しばらく部屋の端に立っていたが、牛河原がどうぞと手で示すと、安心したようにソファーに腰を下ろした。

牛河原は彼の正面に座ると、封筒からコピー原稿を取り出してガラステーブルの上に置いた。大森はちらっとそれに目をやったが、自分の原稿だと気づくと、再び緊張した表情になった。

牛河原はしばらく口を利《き》かなかった。天才作家を目の前にした心の高揚を抑える必要がある、と彼は自分に言い聞かせた。普通の作家に対応するのと同じではいけない。

同時に頭の中で大森のプロフィールを反芻《はんすう》した。都内の大学を卒業して就職したが二年で退職し、その後は塾講師をしている。年齢は二十九歳、独身である。おそらく孤独の中で作家を目指して黙々と小説を書いてきたのだろう。それがようやくにして日の目を見ようとしているのだ。

二人の間にしばしの沈黙があった。牛河原は静かな部屋の中に緊張感が高まるのがわかった。うん、この感じは悪くない。

「この作品、『墜落』だが――」

牛河原はゆっくりと口を開いた。そして少し間を置いて続けた。

「あらためて読み直して、すごい作品だと確信を持ったよ」

大森の表情がぱっと明るくなった。

「現代にもし太宰が生きていたら、こんな作品を書いたと思う」

「――そうですか」

初めて大森が言葉を発した。その声はかすかに震えていた。

「自分の作品を理解してくれる人に――初めて出会いました」

牛河原は大きく首を縦に振った。

「普通の人には、この作品が理解できないだろう。しかし、それはある意味、仕方がないことだと思う。なぜなら、あまりにも斬新だからだ」

大森はこくんと頷《うなず》いた。

「時代を突き抜けた作品というものは、常に古い頭の出版人には理解されないものだ。『墜落』のすごいところは、現代人の苦悩と自意識を鋭くえぐったところだが、それだけじゃない。前にも言ったことだが――」

牛河原は言いながらわざと体を前のめりにさせたが、すぐにそんな自分をセーブするように再びソファーに深く腰かけた。

「いや、やめておこう。『墜落』について語り出すと時間がいくらあっても足りない。前にもつい夢中になって話し込んでしまって、次の仕事を一つ飛ばしてしまったからな。覚えてるだろう、あの時の俺の慌てようを」

「はい」

大森は少し笑った。

「それで」と牛河原は言った。「気持ちは固まったの」

「ええ、決心がつきました。牛河原さんにお世話になりたいと思います。ありがとうございます」

「礼を言うのはこっちだよ」

「牛河原さんがいなければ、この作品は日の目を見ませんでした」

「そんなことはない。俺がいなくても、この作品は誰かの目に留まったはずだ」

「でも、それはいつになったのかはわかりません」

「敢えてもう一度言うが、本当にうちでいいんだね。これは本当に優れた作品だ。大手の文芸出版社が出しても不思議ではない」

大森の顔に一瞬迷ったような表情が浮かんだ。しかしすぐに彼自身がその迷いを打ち消すように言った。

「大手出版社なんかに未練はありません。僕の作品を認めてくれなかった出版社には失望はあっても期待はありません。むしろ、見返してやりたい気持ちです」

「よく言ってくれた」

牛河原は立ち上がって右手を差し出した。そして大森が出した右手を力強く摑《つか》んだ。

「『墜落』はうちの会社を代表する記念碑的な作品になると信じてる」

「ありがとうございます！」

「じゃあ、契約ということで、いいね」

「はい」

牛河原は鞄の中からファイルを取り出した。ファイルの中には丸栄社《まるえい》と大森康二《こうじ》との間で交わす出版契約書が入っている。この契約書に双方がサインすると、天才作家「大森康二」のデビュー作は丸栄社から出版されることとなる。

牛河原は気持ちの昂《たかぶ》りを抑えながら、契約書の内容を説明した。


大森と契約を済ませ、五階の編集部に戻って椅子に腰かけた途端、机の上の電話が鳴った。電話はまた受付からだった。

「寺島《てらしま》様という方がお見えです」

「わかった。すぐに行く」

牛河原は答えながら、今日は寺島公子《きみこ》との約束はなかったはずだと思った。契約は一ヵ月前に済ませている。本が出るのは二ヵ月後だ。何だろうと思いながら、再び一階の受付に向かった。

ロビーには、裕福そうな小太りの中年女性が立っていた。その横にはやはり貫禄のある初老の夫、和明《かずあき》が立っている。和明は都内で不動産会社を経営している。

「やあ、寺島さん」牛河原は快活な笑顔で声をかけた。「どうされました」

「ちょっと近くまで寄ったもので、ご挨拶をと思いまして」

「それはそれは、ご丁寧に、ありがとうございます。よかったら応接室へどうぞ」

「よろしいんですか。牛河原さんの予定は大丈夫なんですか」

牛河原は時計を見ながら、「実は今から会議の予定があるのですが、十分ほど遅らせます」と言った。本当は会議の予定など何もなかった。

「それは申し訳ないです」

「何をおっしゃいますか。寺島さんは丸栄社にとって大事な絵本作家なんですから、会議に遅れるくらい何でもないことです」

寺島公子は嬉しそうな表情を浮かべた。隣に立つ夫の和明も満更ではないようだった。

さっきまでいたD応接室はすでに誰かが使っていたので、牛河原は二人をB応接室に案内した。部屋に入ると、すぐに編集部に電話をかけて、お茶を持ってくるように命じた。

「出版はもうすぐですね」

牛河原がそう言うと、寺島公子から笑顔がこぼれた。

「今、デザイナーが文字と絵のレイアウトを考えています」牛河原が言った。「きっといいものができますよ」

「楽しみです」

「今度の作品は丸栄社を代表する絵本になるだろうと思います」

寺島公子は目を輝かせて頷《うなず》いたが、夫の和明は少し不満そうな表情を浮かべて、「でも、前回はあまり売れなかったですね」と言った。

「あれは私としても痛恨の極みです」牛河原も笑顔を消し、眉間《みけん》に皺《しわ》を寄せながら言った。「寺島さんの絵本には温かくて優しい心がページからこぼれるくらいに詰まっています。あの素晴らしい本がなぜ売れなかったのか、いくら考えてもわかりません」

「前の作品、『いい子にしてね』は地味すぎたのかもしれません。大きなドラマが起こらなかったから」

寺島公子が弁解するように言った。

「いや、『いい子にしてね』は地味なのではなく、しみじみとした味わいがあるのです。たしかにドラマの起伏は抑え気味でしたが、むしろそれがあの作品の良さです」

「そうかもしれませんが、今回は前の作品よりも少しドラマ性を強めてみました」

牛河原は大きく頷いた。

「それは原稿をいただいた時に感じました。私は前作が非常に気に入ってますが、今回の『怒っちゃうよ！』はわくわくするストーリー展開で、前作とはまた異なる魅力がありました。絵本作家、寺島公子は一つ殻を破った、と思いました」

「そうおっしゃっていただけると嬉しいです」

「何度も申し上げますが、お礼を言うのはこちらの方です。こんな素晴らしい絵本をうちで出していただけるなんて。しかも前作は大きく売り伸ばすことができないでいたのに――」

牛河原は深く頭を下げた。

「牛河原さんのせいではありませんよ」

牛河原は顔を上げると、「今度の作品は必ず売ります」と力強く言った。

「『怒っちゃうよ！』はベストセラーになると信じています。いや、絶対にベストセラーにしてみせます」

「よろしくお願いいたします」

「任せておいてください」

牛河原はそう言って胸を張った。


牛河原が寺島夫妻を送り出して編集部に戻り、鼻くそをほじろうとした途端、それを待っていたかのように、机の上の電話が鳴った。またもや受付からだった。

「田中《たなか》さんという方がお見えです」

牛河原は時計を見た。約束の時間より三十分も早い。

「鼻くそをほじる暇もない」

牛河原の大声に、近くにいた何人かが笑った。

ロビーに降りると、痩せた中年男がソファーに座っていた。多分この男だなと牛河原は思った。

「田中さんですか」

牛河原の明るい声に、田中はおどおどしたように椅子から立ち上がった。

「お待たせしました。牛河原です」

田中はぺこぺこと頭を下げた。

田中保《たもつ》とは電話では何度か話していたが、実際に会うのは今日が初めてだった。牛河原はにこやかな笑顔で挨拶しながら、田中の服装を素早く観察した。スーツは量販店の安物だった。ズボンの膝は飛び出ていたし、革靴は相当くたびれている。派遣会社に勤めていると言っていたが、収入は低いなと思った。

四十歳の独身の男が安い給料で働きながら、こつこつと詩を書いてきたのだろう。だからこそ、素晴らしい詩を書けるのだ。牛河原は心の中で、自分自身に言い聞かせた。俺はこの男の詩に感動したのだ――。

牛河原は、受付嬢に入館バッジをもらう時、「どの部屋が空いてる?」と小さな声で尋ねた。受付嬢は「C応接室が空いています」と答えた。

牛河原はC応接室に田中を案内しながら、応接室が足りないなと思った。来年あたりは二階の一部も応接室にしないといけないな。

C応接室で田中と向き合うと、牛河原は開口一番、

「田中さんの写真には非常に感銘を受けました」

と言った。

田中は緊張した顔で小さく頷いた。

「ただ、正直に申し上げまして、ポストカードブックというのは売れません。それで、うちはこの部門からは手を引こうとしているところなんです」

田中の顔が曇った。

「ですが、田中さんの作品を見た時に、私の気が変わりました。これはどうしても世に出したいと――」

田中の顔が一転してぱっと明るくなった。

「田中さんの写真はなぜか人の心を温かくします。それに、そこにつけられている詩が何とも言えず、いい。たとえば、『人は皆、早足でかけていく。でも、ぼくはゆっくり歩いていきたい』。それから、『人は生きていく上で、いろんなものを失くしていく』――」

牛河原は田中の作品を見ずに暗唱した。

「この二つの詩は、私の心に突き刺さりました。何か、こう、ぐっと来ましたね。すいません。プロの編集者が、こんな表現しかできないというのは恥ずかしい限りですが、この詩は

余計な言葉では語りたくないくらい、胸に迫ってくるんですよ」

田中は顔を歪《ゆが》めた。おそらく恥ずかしさと嬉しさがごちゃまぜになったのだろう。

牛河原は田中の詩の素晴らしさを熱く語りながら、心のうちで、はたしてこの男はいくら金を出せるのだろうか、と考えていた。

「ところで――」牛河原が少し口調を変えて言った。「この作品をポストカードブックとして出版するには、一つ条件があるのです」

怪訝《けげん》な表情を見せた田中に、牛河原はゆっくりと説明を始めた――。


牛河原が編集部の自分の席に戻ると、細い通路を挟んで向かいの席に座っていた荒木計介が「お疲れ様です」と声をかけた。

「太宰の再来はどうでした？」

牛河原は一時間前にエレベーターの前で荒木にその話をしたことを思い出した。

「なかなかのものだった」

「五十年に一度の天才作家の原稿を見せてもらっていいですか」

牛河原は机の上に置いてある封筒を手に取った。

荒木は机から立ち上がって、牛河原からそれを受け取った。そして立ったまま中から原稿を取り出すと、何枚かのページに目を通した。そして感心したように言った。

「これはすごいです！」

「だろう」

「まさしく天才的ですね」

荒木は笑いながら原稿を封筒に入れようとしたが、うっかり手を滑らせて、何枚かを床に落としてしまった。

「おい、気をつけろよ。この原稿は二百万円するんだぞ」

「すいません」

荒木は原稿を拾い上げて丁寧に机の上に置いた。

「でも、こんなゴミみたいな原稿が二百万円になるんですから、ぼろい商売ですよね」

「まあな。でも楽に稼いでいるわけじゃない。それなりに苦労はしてるんだ。今度出す絵本の見本も見るか？」

「あの有閑マダムの下手くそな絵本ですか」

「そう言うな。うちにとってリピーターは大事な客だ。さっき会った詩人の詩を見せてやろうか」

「いいです。どうせ、中学生レベルの絵と文章でしょう」

「いや、違うな」

荒木は、ほうという顔をした。

「小学生レベルだよ」

荒木は大笑いした。

「ところで、昼飯に付き合わんか」

「喜んで」

「あ、でもちょっと待ってくれ。昼飯前に一つだけ電話をしておくよ。来客続きで、電話できなかったんだ。先に行ってくれてもいいぞ」

「いいですよ。待ってます」

牛河原は「すまんな」と言うと、机の上に置いてある「丸栄社文藝新人賞応募者リスト」と書いてある束から一枚の書類を取り出した。書類には著者名と作品名、それに著者のプロフィールや住所が書かれている。

牛河原はそこに書かれている携帯電話の番号に電話をかけた。

「もしもし、丸栄社の牛河原と申しますが、鈴木正巳《すずきまさみ》さんでしょうか？」

受話器の向こうで相手が緊張するのがわかった。少し遅れて、はい、という強張《こわば》った声が聞こえた。電話の向こうがざわついている。昼飯でも食べていたのかもしれない。

「弊社の新人賞にご応募いただきまして、ありがとうございます」

そう言いながら牛河原はプロフィールに目を通す。都内に住む私立大学の四年生だった。

世間的には三流と言われる大学で、年齢は二十二歳。牛河原は内心で舌打ちした――学生となると、本人は金を持ってないな。しかしそれでも可能性はある。

「鈴木さんの作品『見果てぬ夢の向こうに』ですが――」牛河原はゆっくりと言った。「全応募総数千二百四十七編のうちの七編に残りました」

「本当ですか?」

鈴木の声が高くなった。今頃、脈拍が一度に上がっているだろう。いつものことだが、この瞬間は楽しい。

「ただ――残念なことに、惜しくも大賞は逃しました」

受話器からはすぐに応答はなかった。鈴木の落胆ぶりが目に見えるようだ。

少し間があって、受話器から「そうですか」という小さな声が聞こえた。さて、ここからが仕事だ。

「たしかに鈴木さんの『見果てぬ夢の向こうに』は大賞を逃しました。そのこと自体は非常に残念なことです」

牛河原はここで少し間を置いた。

「実は本来なら、賞を逃した著者の方にこうして連絡を差し上げることはいたしません。私が鈴木さんにお電話を差し上げたのはこの作品に、光るものを感じたからです」

受話器の向こうで息を呑《の》む声が聞こえる。

「ここだけの話、私は『見果てぬ夢の向こうに』が大賞を取ると思っていました。それほど優れた作品でした。選考委員の間でも二作受賞でいくかどうか、最後まで揉《も》めたと聞いています」
「――そうなんですか」
鈴木は再び落胆した声で言った。
「今回、出版できるのは大賞作品一つなので、鈴木さんの作品は残念ながら出版はできませ
ん。しかし、私はそれはあまりにも惜しいことだと思いました。出版社の人間が言うのも何
なのですが、賞というのは運不運があります。これだけは如何《いかん》ともしがたい。しかし、そん
な運不運で、この才能を埋もれさせていいものかと思うのです。二十二歳の若さでこれほど
の作品を書ける才能を世に出さないで出版社と言えるのかと」
次に牛河原はファイルの文字を目で追いながら言った。
「まず、主人公の孤独な精神が都会を彷徨《さまよ》い歩く姿に感動しました。それとヒロインの虚無
的な眼差し。あと――文章にキレがある」
全部、書類に書いてある文章だ。もちろん牛河原が書いたのではない。下読みのアルバイ
トが書いた文章だ。牛河原は応募原稿などにはほとんど目を通さない。
「何より――三人称と一人称が混ざる斬新な文体が素晴らしい」
牛河原はそう言いながら、何だこれは、と思った。要するに無茶苦茶な文章ということか
――。まあ、うちの新人賞に応募してくる小説にまともな作品があるわけがない。それでも

「評価欄」には「B」とあったから、少しはましな方なんだろう。B評価がつくのは応募原稿全体の二割くらいだ。

「途中からヒロインの性格が一変するというのも、意外性があって面白い」

つまりはキャラクターに統一性がないということだな、と牛河原は思った。

しかし受話器の向こうで相槌《あいづち》を打つ鈴木の声には次第に喜びの色が滲《にじ》んできている。

「まあ、そういうわけで——私は、これは是非とも世に問うべき作品だと確信したわけです」

「そう——ですか」

鈴木はまだ状況が呑み込めない感じだ。

牛河原は一旦《いったん》、話題を変えた。

「鈴木さんは四年生ということですが、就職は決まっているのですか」

「あ、いや、まだ決まっていません。就職活動中です」

四年生の秋になってもまだ就職が決まらないとは親もさぞかし困っていることだろう。

「どんな仕事に就きたいのですか」

「クリエイティブな仕事に就きたいと思っているのですが、なかなか難しくて。もし就職が決まらなかったら、留学しようと思っているんです」

「ほう、それはいいですね。若いうちに海外に出て視野を広めることは、クリエイターにとっては重要なことです」

「はい」

「ご両親はどうおっしゃっています?」

「学生時代には好きなことをすればいいと言っています」

「理解のあるご両親です！」と牛河原は力を込めて言った。「やっぱりそういう考え方のご両親のもとで育ったお子様は個性的で才能豊かな人になりますね」

「はい」

そんなふうに甘やかすから、こんなダメ息子ができるんだよ、と親に言ってやりたかった。

「ご両親は自由業の方ですか」

「いえ、お父さんは先生をやってます」

牛河原はファイルから書類を取り出して、余白に「父、教師」と書き入れた。

「鈴木さんには兄弟はいるの？」

「いいえ」

「なるほど、一人っ子は繊細だと言いますが、やはりね」

書類に「一人息子」と書き加えた。

「それで、今回、私が電話を差し上げたのはですね――」

牛河原はここでちょっと間を置いた。ここからがいよいよ本番だ。

「私は何とかこれを出版できないかと、販売部に掛け合ったのです。最初はしぶっていた販売部も、もし売れなかったら、私が責任を持つと言うと、そこまで言うならと折れてきたのです」

「それって――」

鈴木の声が震えるのがわかった。

「出版の可能性が出てきたということです」

「本当ですか！」

「こんなことで嘘を言う必要がありますか」

牛河原はわざと怒ったように言った。

「すいません」

「謝る必要はありません。鈴木さんの作品にはそれだけの力があるということですよ」

「はい」

「ただし――」と牛河原は言った。「今回の出版は例外的なもので、うちとしても相当なリスクがあります。大賞作品として出版するわけではないから、販売数が見込めないわけです。しかし本を妥当な価格で世に送り出すためにはある程度の部数を作る必要があります」

「はい」

「ご存じのように新人作家の場合、ファンもいなければネームバリューもありません。ですから何かの賞を受賞しているというのが大きな冠になっていまして、それが販売につながるのです。しかし、鈴木さんの場合、そのアドバンテージが使えない」

鈴木はじっと牛河原の話を聞いている。

「鈴木さんもご存じだと思いますが、一冊の本を出版するには大変な金がかかります。編集費、校正費、印刷費、デザイン費、営業費、宣伝費と、何から何まで含めると最低でも数百万円かかります。したがって、もし本が売れない場合、下手をすると弊社としても多大な赤字を被《こうむ》る可能性もあるわけです」

「はい」

「しかし何度も言うように、鈴木さんの作品は世に問う価値があります。いや、これを埋もれさせてはならないと思っています。これは私の編集者としての意地とプライドです」

牛河原はそこでひとまず言葉を切った。

「弊社ではそういう作品に対して、ジョイント・プレスというシステムをご提案させていただいているのです」

「ジョイント・プレス?」

「これは、出版社と著者が共に手を携えて本を出そうという趣旨のもとで作られた丸栄社独自の出版形態です。簡潔に申し上げますと、出版にかかる全費用を丸栄社と著者が負担し合うということです。このことによって、優れた本でありながら、種々の事情で出版が難しかった本を世に出すことができるのです」

牛河原はここで再び少し間を置いた。

「はっきり言いましょう。出版費用の一部を著者である鈴木さんにご負担していただければ、出版に踏み切れるのです」牛河原は鈴木に返事をする間を与えずに、たたみかけるように言った。「これはうちとしても賭けです。勝負に出るということです。私は販売部を説得して、ＯＫをもらいました。鈴木さん、あなたも自分の作品に賭けてみませんか。あなたがもし自分の作品に本当に自信があるなら、勝負に出るべきではないですか」

「やります！」

鈴木は力強く言った。

「そうですか！　やりますか」

「はい」

「この勝負、必ず勝てると思う。私はきっと売れると確信しています。私の編集人生の勘がはっきりそう言ってます」

受話器の向こうの鈴木の息づかいが聞こえる。彼の表情まで読みとれるようだ。おそらく喜びでくしゃくしゃになっているだろう。

「それで——僕はいくら出せばいいのでしょう」

「うん、そこなんですが」

牛河原はわざと何でもない問題だというふうに軽く言った。

「いろいろと見積もりを出してみないと細かいことは言えませんが、何とか二百万円くらいに抑えようと思っています」

牛河原は受話器に精神を集中した。鈴木の反応の具合で、どこまで金を引き出せるのかを摑まないといけない。このあたりの呼吸が最も大切なところだ。

「無理な金額でしょうか」

「いいえ——。無理な金額ではないと思いますが」

よし！　と牛河原は心の中で言った。今回の電話では金の話はここまでだ。

「まあ、金額のことは見積もりを出さないとわかりません。それに私もできるだけ頑張ってみます。なるべく鈴木さんの負担を減らすように販売部に掛け合ってみます」

「そうですか」

鈴木の声にほっとした感じが出た。

「とりあえず、ご両親と一緒に一度うちの会社をお訪ねください。細かい話はそこでしましょう」

「はい」

牛河原は鈴木とスケジュールの打ち合わせをした。両親の都合がつけば、今月中に上京して来社することになった。

「その時までには、細かい見積もりも出ていると思います。できたら、その日のうちに契約までいきたいと考えています。もし鈴木さんが納得されたら契約したいので、実印を持ってきてください。というのも、時間が経てば、販売部の気が変わるかもしれません。とにかく勢いで出版の了承を取ったから、販売部の方針が変わらないうちに契約して、会社を追い込みたいんです。言っておきますが、今回は私は会社の側でなくて、鈴木さんの側の人間だから。いや、鈴木さんの作品の側の人間と言った方がいいかな」

「ありがとうございます！」

「それじゃあ、待っています」

牛河原が電話を切ると、机の横に立っていた荒木が笑いながら、「一丁上がり、ですか」と訊いた。

「七割方はいけるだろうが、本人は学生だから金は持ってない」

「すると、親ですね」

「そういうことだ。親にとっては頭の痛い息子に違いない。三流大学で、いまだに就職も決まらず、一攫千金《いっかくせんきん》を狙って小説なんぞを書いている。でも今夜、息子の話を聞いて腰が抜けるくらい驚くだろう。何しろ、千二百四十七編の応募作の中で最終の七編に残ったんだ」

「千二百四十七編って、ちょっと盛りすぎじゃないですか」

「ホームページにはそう発表することになっている。こういう数字はでかいほどいいんだ」

荒木はにやにやしながら、「その選考をくぐり抜けるとは、すごいということですね」と言った。

「明晩、もう一度電話して、今度は父親と直接話す」

「それで決まりですね」

「まあな」と牛河原は言った。「困った馬鹿息子と思っていた子供に小説の才能があったんだ。出版社の編集者に褒められて、疑う親はまずいない。親というのは、どんなに出来の悪い子供でも、本当は素晴らしいところがあると信じているからな。まして大事な一人息子だ」

荒木が大笑いした。

「笑っているが、お前のお袋も息子はまっとうな出版社に勤めている優秀な編集者と信じているぞ」

荒木は少し嫌そうな顔をした。

「親子揃って我が社にやって来たなら、まずいける。丸栄社の立派なビルを見れば、安心するだろうし、広いロビーから豪華な応接室に通して話をすれば、イチコロだ」

「あのロビーと応接室の効果は抜群ですね」

「うちは、一階フロアだけは内装にたっぷりと金をかけてるからな」牛河原はそう言って笑った。

「父親は教師で一戸建てに住んでいる。よほど無茶な金額さえ吹っかけなければ大丈夫だろう。二百万円くらいはいけると踏んでいる」

「たったの十分で二百万稼ぎましたね」

「馬鹿野郎、それなりに苦労はしているさ。それに契約が済むまでは稼いだとは言えん。契約の直前に気が変わる奴はいくらでもいる。だから、この後が大事なんだ。ハンコを押させるまでは絶対に油断しないことだ」

牛河原は噛《か》んで含めるように言った。荒木は神妙な顔で頷いた。

「でも、たかが千部の本なんか数十万円で作れるのを、世間の人は知らないんですね」

「そんなことが知られたら、大変だ」

牛河原はそう言うと、鈴木の書類に赤いサインペンで丸印を書いて、机の上に無造作に置いた。

「それ、結構な量ですね」

荒木は牛河原の足元の段ボール箱を指差した。箱には「丸栄社文藝新人賞応募原稿①」と書いてあった。

「これだけで二百冊分の本になる」

牛河原は段ボール箱を軽く手で叩いた。

「これが全部金に変わるんだ。すごいだろう。ギリシャ神話のミダス王の気分じゃないか」

「何ですか、それは」

「手に触れるものがすべて黄金に変わるという能力を手に入れた王様だよ」

「なるほど、まさに僕らはミダス王ですね。この紙の束《たば》一つが百万、二百万に変わるんですから」

牛河原は声を上げて笑った。

「待たせたな、飯に行こう」


「自分でこんなことを言うのも何なんですが、なぜ、みんな簡単に僕たちの口車に乗って百万円以上の大金で契約するんでしょう?」

会社近くの鰻《うなぎ》屋の個室で荒木は牛河原に訊いた。二人とも特上のうな重を食べている。

「不思議か」

「不思議ですよ。さっきの学生なんか、牛河原部長のその――」

「見え透いたお世辞になんで引っかかるのかというわけだな」

荒木は苦笑いした。

「それはな」と牛河原は言った。「小説だからだよ」

荒木は怪訝な顔をした。

「小説を書く奴なんて、たいてい頭がおかしいんだ。嘘だと思うなら、一度三百枚くらいの小説を書いてみたらいい。絶対に最後まで書き切れないから」

「そうなんですか」

「そうとも。素人が原稿用紙を字で埋めるのは簡単なことじゃない。一日かかって五枚も書ければたいしたもんだ。たいていの奴は一日一枚書くのがやっとだ。で、三百枚書こうと思えば、早くて半年、まあ普通は一年はかかる」

「はあ、そうかもしれませんね」

「その間ずっとモチベーションを保ち続けるなんて、並大抵のことじゃない。普通の人間ならとっくに投げ出しちまう。書き出す前は傑作になるかもと思い込んで書き始めたものの、上手く書けなくて、また途中で読み返して、こりゃダメだとなるのが普通の人間だ」

「なるほど」

「つまり最後まで書き切るというのは、そのあたりの神経がどこかおかしいんだ。自分の作品が傑作と信じ切れる人間でないと、まず最後までモチベーションを維持できない」

「牛河原さんの言うことがわかりました」

「そういうことだよ」牛河原はにやりと笑った。「賞を取るか取らないかわからない長編小説を最後まで書き切るという人間は、自分の作品を傑作と信じている。だから傑作だと言ってやれば、疑う人間はいない。ああ、やっとわかってくれる人がいた、と心から喜ぶ。それを嘘かもしれないなんて疑う冷静な人間はそもそも小説なんか書かない」

荒木は思わず吹き出した。

「まあ、本物の小説家というのも、その点では、似たり寄ったりの人種だろう。ただ、俺たちのカモと本物の小説家が違うのは、才能があるかないかということだけだ」

荒木は苦笑いした。

「たしかに小説を書くような人は特殊な奴かもしれませんね。でもうちの客には、小説以外の本を書く人も多いです。なんで世間には本を出したいという人間がこんなにいるんでしょう」

「知ってるか。世界中のインターネットのブログで、一番多く使われている言語は日本語なんだぜ」

「本当ですか」

「今から七年前、二〇〇六年に、英語を抜いて、世界一になったんだ。当時のシェアは三十七パーセントだ。今ならもっと増えてるだろう」

荒木は驚いた顔をした。

「七十億人中、一億人ちょっとしか使わない言語なのに。それはどういうことですか？」

「日本人は世界で一番自己表現したい民族だということだ」

牛河原はそう言って鰻を美味《うま》そうに口に放り込んだ。

「本だって同じことだ。小説はもうずっと毎年毎年売り上げを落としている。大手出版社の小説は大半が赤字だ。日本人はもう小説なんか読まない時代になってるんだ。にもかかわらず、小説賞の応募は年々増えている。うちみたいなインチキ文芸賞にも毎回数百もの応募原稿が集まるくらいだ。要するに、他人の作品は読みたいとは思わないが、自分の作品は読んでもらいたくて仕方がないんだよ」

「読まれる価値があると思ってるんでしょうか」

「少なくとも本人はそう思っている」

「滑稽ですね」

「それを言うならプロの作家の方が滑稽だ。一部の人気作家を除いて、大半の作家がほとんど読まれもしない小説をせっせと書いている。特に純文学作家は悲惨の一語だ。しかし本人は読まれるべき芸術作品だと信じて書いている。プロ野球の最下位争いしているチーム同士の雨の日の消化試合の観客以下の人数にしか読まれていないのに、だ」

「プロの作家も僕らの客も似たようなレベルなんですね」

「そうだな。それでもプロは一応は本を出すにあたっては出版社から金が支払われる。売れなかったら出版社が損をかぶる。ところがうちの客たちは自分で金を出す」

「売れなくてもうちは儲《もう》かるということですね」

「そういうことだ」

牛河原はうな重を食い終え、お茶を飲んだ。

「それでも、やっぱり不思議です」荒木が言った。「物書きになりたい人間がそんなにいるなんて」

「実際に小説を書く奴は一部だろうけど、俺は、かなりの日本人が、『自分にも生涯に一冊くらいは何か本が書けるはずだ』と思ってると思う」

「まさか――」

「そうか？」牛河原はいたずらっぽい目で荒木を見た。「たとえば、お前だって本気になれば、本を一冊くらい書ける自信はあるだろう。小説でもいいし、自分史でもいいし、論文でもエッセイでもいい」

「そう言われたら、そんな気がしてきましたね。小説は無理でも、他のものなら書けるような気がしてきました。これは何なんでしょうね」

荒木は苦笑しながら訊いた。

「日本語が書けるからだ」

「は？」

「誰も一流ピアニストになれるとは思わない。サーカスの空中ブランコをやれるとは思わない。でもな、日本語は誰でも書ける。だから自分も本くらい書けると思う」

「でも、よく自分の本を出すのに百万円とか二百万円とか簡単に払いますよね」

「あいつらはそれくらいの金は回収できると思っている。ベストセラーになれば、簡単にお釣りが来ると思っている」

「どれくらい売れると思ってるんでしょうね」

「小説だと、十万部くらいは楽にいけると思っている。うまくすれば百万部も夢じゃないと」

「馬鹿じゃないですか」

「まあな。しかしそういう馬鹿のお蔭《かげ》で俺たちは食っている。昼飯に四千円の特上うな重なんか普通は食えないぞ」

荒木は「御馳走《ごちそう》さまです」と牛河原に頭を下げた。

「まあ、カモの気持ちなんか理解していなくてもどうってことはない。大事なことはカモを逃がさないことだ」

牛河原は爪楊枝《つまようじ》で歯をほじりながら言った。

「鰻も食ったし、午後も稼ぐか」

牛河原は伝票を摑んで立ち上がった。

2　チャンスを摑む男

温井雄太郎《ぬくいゆうたろう》はむしゃくしゃしていた。電車を降りて、アパートに帰る道すがら、アルバイト先の主任に馬鹿にされたことがずっと頭から消えなかった。

たまたま仕事が暇だった時、アルバイトの女の子相手に夢を語っていたところに、主任がやってきて、「くだらんこと喋ってる暇があったら、洗い物でもしておけ」と言ったのだ。

雄太郎が語っていた夢とは、将来、スティーブ・ジョブズのような男になるといういつものものだった。

「お前みたいなフリーターがジョブズになれたら、世の中、楽なもんだよ」

主任は頭から馬鹿にしたように言った。

「フリーターをしてようが関係ないでしょう」

雄太郎は言い返した。彼はたとえ相手が誰であろうと、言いたいことは言うというモットーを持っていた。またそれを自らの誇りともしていた。

「何がジョブズだ。髪の毛を金髪に染めりゃ、ジョブズになれると思ってたら大間違いだぞ」

「ジョブズの顔も知らないんですか。彼は金髪じゃないんですよ」

主任は雄太郎を睨《にら》みつけた。

「お前、いくつだ」

「二十五です」

「その歳で、一日中フライドポテト揚げてるような奴がジョブズになれるのか？」

「二十五歳なんて、まだあらゆる可能性が残っている歳ですよ。四十歳を超えてもハンバーガーを運んでる男には何もないですけどね」

主任の顔色が変わった。周囲の女子アルバイトがおろおろしているのが雄太郎にわかった。どんなもんだいと胸を張りたくなった。俺は主任なんか恐れずにモノを言う男なんだ。

「温井――」

主任は怒りを抑えた声で言った。

「何ですか」

「お前が四十歳の時にはハンバーガー一つ買うのにも躊躇《ちゅうちょ》するような人生を送っている方に百万円賭けてもいい」

「十五年後ですね」

雄太郎は小馬鹿にするような笑顔を浮かべて言った。

「その頃は多分、ハンバーガーの値段なんか知らない暮らしをしていると確信していますね」

「それでクビか」

高橋俊雄《たかはしとしお》が面白がって言った。

「ああ。でも、それは俺の勲章だよ」

高橋はワンルームマンションの隣の部屋に住む友人だ。年齢もフリーターという身分も同じことから、気の合う仲間として、毎晩のようにどちらかの部屋でビールを飲んでいた。

この夜は高橋の部屋に雄太郎が出向いていた。部屋には高橋の彼女もいた。

「なんで、勲章なんだよ」

高橋が柿の種をつまみながら訊《き》いた。

「奴が敗北を認めたからだよ。俺を論破することができなかったからクビにしたんだ」

「ほう」

「奴は無意識に俺の言葉の正しさを感じたんだ。それで俺が怖くなった。奴にできることは主任という立場を利用して俺をクビにすることしかなかった。でもそれは奴が精神的に俺に負けたということなんだ」

「なるほどなあ、言われてみればその通りだな。それはやっぱり勲章だな」

「俺はいつかジョブズのような男になるんだ。だからプライドを守るためなら、バイトのクビなんか平気だよ」

「だよな。バイトなんかいくらでもあるからな。言いたいことは体を張ってでも言わないとな」

「そういうことだ」

二人はビールの酔いも手伝ってか、おかしそうに笑った。いつのまにか雄太郎のむしゃくしゃした気分はどこかへ消えていた。

「すごいね、温井君は」

高橋の彼女の斉藤麻美《さいとうあさみ》が言った。

「いつもおっさん相手にも全然びびらずに喋るよね」

「俺には相手が何歳だろうが関係ないね」

「前に、訪問販売に来たおっさんを半泣きにさせたじゃない。あれ、すごかったわ」

「ああ、あれか」雄太郎は笑った。「あの時は退屈してたから、たまたまやってきた訪問販売に乗ったふりして、どんどん品物を注文して、使いまくって、全部クーリングオフで返してやったんだな。粗品と記念品はもらい得だった。おっさん、マジで泣いてたな」

「でも、ちょっと可哀相だったよ」

麻美はそう言いながらも笑っていた。

「何を言ってるんだよ。あいつらはいつも楽してぼろい商売してるんだ。俺はそんな奴らに、商売は甘くないということを教えてやったんだよ」

「そっか」

「向こうは俺を口車に乗せて、うまいことやったと思っていたんだろうが、俺の方が一枚上手だったというわけだ。何しろメシまで奢《おご》らせてやったからな。まさか、おっさんも未来のジョブズを相手にしてるとは思わなかっただろうな」

高橋はおかしそうに笑った。

「温井君」麻美が言った。「いつもジョブズジョブズって言ってるけど、そのための努力をしているの」

「努力って何だい」

雄太郎の言葉に麻美は、えっ？　という顔をした。

雄太郎は、いやいや、というふうに手を振った。

「麻美ちゃんが言おうとしていることはわかるよ。目標を持って努力することが大切だと言うんだろう。でもね、俺に言わせれば、それは間違っている」

「どうして」

「努力こそが、人から自由を奪うんだ。人は努力すると、その報酬を求めるようになるんだ。これだけ努力したんだから、これくらいは報われていいだろう、とね」

「それがよくないの？」

「よくないに決まっているじゃないか。そういう考え方が、結局、人を報酬の奴隷にするんだよ」

「どういうこと」

「仮に努力して、それにふさわしい報酬が与えられたならいいけど、世の中は必ずしもそうじゃない。むしろ努力したのに、その何分の一も報われないことが多い。いや、もうほとんどの人間の努力は報われないんだ。こんなことを言ったら、プロ野球選手を見てみろと反論する奴がいるけどね。イチローはものすごい努力して成功したじゃないかって。俺はそう言う奴に逆に訊きたいね。イチローと同じくらい努力して報われなかった奴が世の中にどれだけいるのか知っているのかって。俺の通っていた高校は野球じゃ県下でそこそこの強豪高校だった。全国から野球の上手《うま》いガキを大勢連れてきて、寮に詰め込んで朝から晩まで野球をやらせてた。本当に朝から晩までだぜ。百人を超える部員が一日十時間くらい練習してたんじゃないかな。で、そこからプロになった奴は一人もいない」

「だから、どうなの」

「だから？」雄太郎は言った。「受験勉強だってそうだ。一日十時間も必死で勉強したからといって東大に行けるとは限らない。つまり世の中の九十九パーセントの人間の努力は無駄になるんだよ」

「それが努力の否定につながるわけ」

「いやいや、そうじゃない。俺だって努力する時はする。でも、その努力は百パーセント成功するとわかった時にする。うーん、何て言えばいいかな。そう、野球の喩《たと》えで言うと、絶対にホームランできるボールがきた時にバットを振るんだ。世間の馬鹿たちは当たらないクソボールに向かって必死になってバットを振ってるんだ。で、さんざん空振りを繰り返しても、そこでやめたらそれまでの努力が無駄になるからという理由で、死ぬまで努力をやめないんだ。で、ついに成功しないで、人生を終えることになる。つまりだ――」

雄太郎は一呼吸置いて言った。

「それが、努力に縛られた人生ということなんだよ。努力してしまったことで、自由を失ってしまうんだ」

「なーるほど、そういうことか」麻美は納得した顔で言った。「努力することで、かえってそのことに捕われてしまうってわけね」

雄太郎はウインクして親指を立てた。

「温井君って、やっぱりすごいわね」

「すごいんだよ、温井は」高橋が言った。「俺とタメだけど、悔《くや》しいけど俺よりもはるかに精神的に上を飛んでる」

麻美は少し眩《まぶ》しそうに雄太郎を見た。

「それで、温井君は何を目指しているの？　具体的な目標はあるの」

「あー、麻美ちゃん」

雄太郎は大袈裟《おおげさ》に悲しげな表情をして見せた。

「全然わかってない。具体的な何かを目標にするということは、それに縛られるということなんだよ」

「あ、そうか」

「だから——俺の目標はビッグになること。その方法は何でもいいわけさ。『すべての道はローマに通じる』って言うじゃないか。その道というかチャンスは、よく目を凝らしていれば必ず見つかる」

雄太郎はそう言って自分の胸を叩いた。

「俺がこうして正社員にならないでフリーな立場でいるのも、だからなんだよ。つまり、決まった道を歩いて、チャンスを見過ごすなんてことがないようになんだ。いつだって自由に動ける立場に身を置いておきたいんだ。もし正社員になっていれば、人生の大きなチャンスの時に、動けないってことにもなる。わずかばかりの安定と収入のために、自由を失うということになってしまうんだよ」

麻美は真面目な顔で大きく頷《うなず》いた。

「温井君は——いつか何か大きなことをするような気がする」

「それについては、俺は確信している」雄太郎は答えた。「世の中には、凡人には決して見えないが、成功へのチャンスがいくらでも転がっている。カーネギーとかロックフェラーとかっていうのは、そういうのを見つける目を持っていた男たちなんだ。彼らは人と違う何かを持っていたわけじゃない。ただチャンスを見つける目を持っていただけだ。そして俺も——同じ目を持っている」

「温井と話していると、俺も探さなきゃと思うよ」

「見つけようぜ」と雄太郎は言った。「俺たちは世間の奴らとは違う。探している限り、いつか見つかる」

三人は互いの未来に乾杯した。

「温井雄太郎さんの携帯ですか?」

雄太郎がスターバックスでカフェラテを飲みながら求人雑誌を眺めていた時、携帯電話に見知らぬ番号から電話がかかってきた。

「はい、そうですが、あんたは?」

「私は丸栄社の牛河原というものです」

その会社名にも牛河原という名前にも記憶がない。雄太郎はよくある勧誘商売の類かと思い、返事もしないで電話を切ろうとした。

「温井さんはこの前、弊社の出版説明会に来てくれましたね」

電話を切りかけた雄太郎の指が止まった。二週間ほど前に友人の高橋に誘われて、公民館のようなところで行われたその会に出席したのを思い出したからだ。

「温井さんはその時に配ったアンケート用紙に感想を書いてくれましたね。私は編集部長をしておりますが、温井さんの言葉に大きな感銘を受けました」

「はあ」

雄太郎は生返事をした。そう言えば、たしか帰り際にもらったアンケート用紙には、「今の小説はクソだ」みたいなことを書いた覚えがある。

「あれはどういう意味?」

「いや、まあ――ただ思ったことを書いただけで」

雄太郎は小説なんかほとんど読んだことがなかった。だから小説というものに対して、何の思いも考えもなかった。ただアンケートに挑発的な悪口を書いてやっただけだった。

「なぜ、既存《きぞん》の小説がダメなのかを一言教えてくれないだろうか」

キゾンという言葉の意味はわからなかったが、喧嘩《けんか》を売られているのかなと思った。一瞬、電話を切ろうと思ったが、いや待てよ、と思い直した。どうせ暇なんだ、このおっさん相手に議論するのも楽しいじゃないか。ツレに喋る話のネタの一つくらいにはなるだろう。

「俺が思うに」と雄太郎は言った。「今の小説には社会を変える力がないからね」

電話の向こうで、牛河原は、うん？　と言った。

「それはどうしてかな？」

「どうしてって――今の若者たちは小説を読まないじゃないですか」

「たしかに」

「若者にそっぽを向かれた文化には未来なんかない。昔から文化は若者が作ってきたんですからね」

牛河原が一瞬絶句するのがわかった。雄太郎はしてやったりと思った。また俺の言葉が大人を打ち負かした。しかも相手は出版社の編集長だぜ。

「君の周りの若者たちもそうなのか？」

「俺のツレに小説なんか読む奴は誰もいませんよ。小説はもうとっくに死んだ文化なんですから」

牛河原が黙った。雄太郎はすっかり得意な気分になった。小説一筋で生きてきた編集長をいきなりへこましてやった。

「素晴らしい！」

いきなり電話から牛河原の大きな声が聞こえた。

「君の言葉はまさしく至言だ。俺は今、脳天を叩かれたような気がしたよ」

雄太郎は少し戸惑いながら、「そうですか」と言った。

「そうなんだ。今の小説家は誰もそれに気づいていない。自分たちがすでに死んでしまった文化の中で書いていることに気づいていないんだ。今の小説がダメな理由が実はそこにあるんだということを、君の言葉ではっきり感じた」

「そんなのはもう若い奴はとっくに感じていることですよ」

「――そうなのか」

「そうですよ。だから若い奴は映画を観たり漫画を読んだり、ネットをやるんじゃないですか。ゲームの世界の方が小説よりもはるかに進んでいますからね」

「なるほど。でも、若い奴の多くは、実はぼんやりと感じているだけで、君のようにはっきりとすべてがわかっている男はいないんじゃないか」

褒められて悪い気はしなかった。この牛河原という男、単純なおっさんだが悪い奴ではなさそうだ。

「今の小説界が求めているのは、小説の文化に胡坐《あぐら》をかいている奴ではなく、小説そのものを否定している男かもしれない。逆説的かもしれないが、君が言いたかったことはそういうことなんじゃないだろうか」

「まあ、そういうことかな」

「やっぱりな――思った通りだ。君の言葉は鋭すぎる。本質を突きすぎる。よくそう言われないか」

「よく人を怒らせますけどね」

「人は往々にして真実を突きつけられると怒るものだ。それが鋭い言葉であればあるほどな」


雄太郎は「そうですね」と答えながら、このおっさんは馬鹿ではないなと思った。

「俺は今、確信に似た思いが生まれたよ」

「何ですか」

「君がもしも小説を書けば、とんでもないものが書けるんじゃないかって」

「俺が小説、ですか」

「多分、誰も書けなかったものが書けると思う」

「俺、小説なんか書いたことはないですよ」

その途端、牛河原は笑った。

「君がそんな自信のないことを言うとは意外だったよ。俺は君と話している数分間で、君が未知のものに対して決して怯《ひる》んだりしない男だと確信したんだが――」

「いや、別に怯んではいませんよ」雄太郎はむっとして言った。「ただ、小説を書いたことがないという事実を言っただけです」

「俺は小説の世界で二十年以上も生きてきた。世の中には小説を書ける種類の人間がいる。それは言葉を持っている人間だ。鋭い自分の言葉を持っている人間は必ず小説が書ける。自分の言葉を持たない人間はいくら頑張っても小説は書けない。そう思わないか」

「思いますね。世の中の大半の人間が、自分の言葉を持たないですよ」

「そうなんだ。実は今の文芸の世界にも、自分の言葉を持っていない小説家がごまんといる。小説がダメになったのも、だからなんだ」

「なるほど」

「小説というのはおかしな世界でね。才能のない人間がいくら頑張っても無理なんだ。逆に才能さえあれば、一発で小説家になれる。『ハリー・ポッター』は著者が初めて書いた小説だというのは知ってるね。『風と共に去りぬ』も処女作だ。天才というのは突如現れるものなんだ」

何だかわからないが面白い展開になってきたぞと思った。このおっさんとの会話はなかなかスリリングだ。

「ところで、温井君はフリーターなの」

「今のところは」

「一人暮らし?」

「ああ」

「じゃあ、生活はなかなか苦しいんじゃないか」

「そんなことはないよ。俺、バイトでも結構稼げるし」

「でも、貯金とかはできないんじゃないのか」

「来年、アメリカに行く予定なんで、その費用を貯めてんだけどね」

「すると、もう百万くらいは貯めたの」

「もう少しあるかな」

「すごいな」牛河原が感心したように言った。「それで、アメリカには何の目的で？　留学か何か？」

「いや、あてはないです。自由気ままにアメリカで暮らしてみようかと。言うなれば、自分探しですね」

「温井君は本物の自由人だな。自由とは何かということを知っている」

「自分でもそう思ってますね」

「話を戻すけど——俺は今、温井雄太郎という男の書く小説を猛烈に読んでみたいと思っている」

牛河原は一呼吸置いて言った。

「君なら、きっととてつもなく斬新なものが書ける」

雄太郎は電話を切ったあと、小説家か、と心の中で呟《つぶや》いた。

牛河原に押し切られるように、小説を書くという約束をしてしまったが、気分は悪くはなかった。いや、むしろその状況を楽しんでいた。人生は突然、何がやってくるかわからないなと思った。

これまで小説など書いてみようと考えたことは一度もなかったが、面白いストーリーならいつでも作れる自信があった。もし機会が与えられれば、映画監督くらいならすぐになれるだろうと思っていた。評判の映画を観ても、俺ならもっと上手く作れると思うことはしょっちゅうだったし、友人に「あの場面ではこうやればよかったんだよ」というアイデアを語ると、たいていは感心されていた。だから、ストーリー作りというものに対する自信はあった。もっとも映画と小説ではかなり違うが、物語という点では同じようなものだ。

それに、と雄太郎は考えた。おそらく俺には小説家の才能もあるはずだ。

早速、ワンルームマンションに戻ると、パソコンの電源を入れた。ワードを使うのは久しぶりだったが、すぐに要領を思い出した。帰路の電車の中で浮かんだアイデアをひたすらキーボードに叩き込んだ。

本は短編集にするつもりだった。というのも長編小説の類は一度も読んだことがなかったからだ。

書き出した途端、アイデアは面白いように浮かんだ。最初の短編は一時間ほどで仕上がった。小説家や漫画家がアイデアが出なくて苦労するという話を聞いたことがあったが、にわかに信じられなかった。小説のアイデアが出なくて書けなくなるなんて、言葉が出なくて話せないみたいなもんじゃないか。別に難しいことを考えなくても話せるように、書く時も難しいことを考える必要はない。普通に書いていれば、小説なんていくらでも書ける。それとも、これだけぽんぽん書けるということは、俺に才能があるという証拠だろうか。

その日は夜までに、さらにもう二つ短編を仕上げた。書けなかったアイデアは別のファイルに入れておいた。

この調子で書いていけば、一冊の本に仕上げるのに十日もかからないだろうなと思った。

牛河原から電話がかかってきたのは、仕上げた小説をメールで送った翌日だった。小説は十編からなる短編集で、ワードで七十ページほどの量だった。

「温井君か」

牛河原の声が上擦《うわず》っているのがわかった。自分の小説を読んで興奮しているのだろう。予想通りのリアクションだ。

「君、すごいよ」

牛河原がさっき以上に興奮気味に言った。

「いったい何がすごいんですか」

雄太郎はとぼけたように言ったが、褒められるのはいい気分だった。

「何がって――この作品だよ」

「作品って、何のことですか」

「君の作品だよ」

「ああ、僕の小説のことですか」雄太郎は初めて気づいたように言った。「僕の小説がどうかしましたか」

「どうかしましたなんてもんじゃないよ。俺は、思わずこう叫んだよ——いや、その話はここではやめておくよ」

「何て叫んだんですか」

「恥ずかしい話だが、俺は——いや、やっぱりやめておくよ。できたら直接会って言いたい」

「そうですか」

雄太郎は少しがっかりしたが、牛河原が何と言ったのか、直接会った時に忘れずに聞こうと思った。

「よかったら、近日中にうちの会社に来てくれないか。はっきり言えば、この作品の出版について具体的な話をしたいと思っている」

「これ、出版するんですか」

上手くいけば本になるかなとは思っていたが、意外なほどの急展開だ。

「そうでなければ、こうして電話はしてないよ」

雄太郎は心の中で、やった！　と叫び出しそうな気持ちになった。しかし自分の気持ちを必死で抑えた。こんなことくらいで舞い上がっていたら安く見られる。何でもないような素《そ》振《ぶ》りで応えるんだ。

「行ってもいいんですが、こっちもいろいろ忙しくて――」

「早い方がいいな、できるだけ」

「ちょっと待ってくださいよ。スケジュールを見てみます」

雄太郎は手帳を調べる間を取った。来週くらいにするか、それとも再来週か――。

「あ、電話がかかってきた。ちょっと待っててね」

突然、牛河原が慌てて言った。直後に携帯電話から保留の音楽が聞こえた。一分ほどで保留音は消えた。

「お待たせ」牛河原が言った。「急用ができて、もうあんまり長く話せない。それと、明日からしばらく出張なんだ」

「そうなんすか」

「すごく急な話で悪いけど、今日の午後、何時でもいいからうちの会社に来てもらうわけにはいかないかな」

牛河原が早口で言った。

「夕方なら行けますけど――」

「よし、じゃあ十七時に丸栄社に来てくれるか」

「あ、はい」

「急で悪いね。俺も一刻も早く温井君と話したいんだ。受付で第一文芸部の牛河原と言ってもらえばいい。じゃあ、待ってるよ」

牛河原は慌ただしくそう言うと、電話を切った。

携帯電話をポケットにしまうと、雄太郎は思わず「やったぞ！」と声を出した。

小説を送った時は、上手くいけば本になるかもしれないという期待は当然持っていたが、まさかこんなにあっさり決まるとは思っていなかった。

俺の小説は本物だったんだ。牛河原があれほど急いで会おうとしたのは、まさにそのことを証明している。相手は一刻も早く契約したがっていた。万が一ぐずぐずして、他の出版社に取られでもしたら大変なことだと焦ったに違いない。

それにしてもいきなり書いた小説がすごい作品になるって、どうよ。自分にはいろんな才能が詰まっているとは思っていたが、まさか小説の才能まであったとは。

急にうきうきしてきた。自分の作品が本になって出版されるのだ。十日前には思いもしなかったことだ。あの時はハンバーガーショップの主任にバイトをクビにされて、むしゃくしゃしていたのに、何という違いだろう。たったの十日で、世界が大きく変わろうとしている。

ああ、そうだ。本になったらあの主任に教えてやろう。きっと目の玉が飛び出すくらいびっくりするぞ。アルバイトをクビになったから、小説を書く時間ができたと言ってやろう。だから主任には感謝していると伝えたら、歯ぎしりするかもしれない。

いやいや、何もわざわざ自分から教えてやるような手間をかけることはない。俺の本はベストセラーになるだろうから、あいつは本屋で俺の作品を目にする機会があるに違いない。その時、初めて「温井雄太郎は天才だった！」と気づくんだ。しかしもう遅い。ざまあみろ、だ。あの時、温井にあんなことを言わなければよかったと後悔するだろう。友達になっておけばよかったと悔んでも後の祭りだ。

ベストセラーになってから、客としてハンバーガーを食べに行ってやろう。きっとあいつは俺にぺこぺこしながら「温井君、久しぶり」とか言うだろう。アルバイトの女の子に、自分はベストセラー作家の友人だみたいな顔をするに違いない。ふん、馬鹿め。俺は徹底的に無視してやる。あんた誰ですか、と言ってやるんだ。

昔の同級生たちも知ることになるだろうな。俺のことを「誇大妄想狂」とか「大風呂敷」と笑っていた奴らもびっくり仰天するはずだ。「あいつの才能は本物だったんだ」とようやくわかるんだ。

でも、小説だけが俺の世界と思ってもらっちゃ困る。小説なんか俺の成功のステップの一つにすぎない。おそらく俺の中にある才能の油田はこれだけじゃない。今後はいくらでも出てくるはずだ。小説の才能に驚いたゲーム業界や映画界が声をかけてくる可能性もある。もしかしたら伝説的なゲームを作ることになるかもしれないし、世界的な映画賞のグランプリを取ることになるかもしれない。

けど、ゲームや映画だって、俺の中では単なるステップだ。俺の夢はスティーブ・ジョブズのような「世界を変える男」になることだ。五十年後の人たちが、今この世界を作ったのは温井雄太郎だ、と言う日がきっと来る。小説はその第一歩にすぎない。

雄太郎はマンションを出る前に髭《ひげ》を剃ろうと思ったが、やめた。できるだけざっくばらんな格好で行った方がいい。こんな時にパリッとした格好で行くのは逆にかっこ悪い。俺みたいな天才は、多少ワイルドな感じの方が似合う。

夕方、池袋にある丸栄社に着いた。想像していたよりもずっと大きなビルだった。六階建ての壁面はガラスで覆われていて、スマートでお洒落《しゃれ》な感じがした。これは一流出版社に違いないと思った。

ロビーも豪華だった。床はつるつるの大理石で、天井部分が映っていた。ミニスカートの女が歩いたらパンツが映るかもしれないなと思った。

受付で第一文芸部の牛河原さんをお願いしますと言うと、びっくりするような美人の受付嬢が、そちらでお待ちください、とソファーを指差した。

雄太郎が座っていると、間もなく髪の毛が少し天然パーマの大きな体をした中年男が現れた。

「おお、君が温井君か」

男はよく通る太い声で右手を挙げた。

「ええと、その――」

「牛河原だよ。よく来てくれた」

男はそう言うと、いきなり両手で雄太郎の手を強く握った。雄太郎は少し戸惑ったが、自分の手を握り締める力に牛河原の期待が込められている気がした。

「早速、応接室に行って話そう」

雄太郎は牛河原の後に続いて広い廊下を歩いた。

途中で、一人の若い社員がすれ違う時、「あ、部長」と挨拶した。牛河原は鷹揚《おうよう》に頷いた。

「牛河原さんって偉いんですか」

雄太郎は若い社員が通り過ぎてから訊いた。

「偉くはないよ。まあ、一応、取締役だがね」

「たいしたもんじゃないですか」

雄太郎はそう言いながら、そんなすごい人に認められたことで大いに自尊心をくすぐられた。下っ端のおっさんに評価されても値打ちがない。

応接室は絨毯《じゅうたん》が敷かれた豪華な部屋だった。テーブルはガラス製で、見るからに高価な感じがした。雄太郎は内心で、すげえな、と呟いた。

牛河原はソファーに座るなり、「読ませてもらったよ」と言った。

「どうでしたか？」

「すごい——の一語だよ」

雄太郎は自分の体が一瞬宙に浮いたような感覚を味わった。

「本当ですか」

自分の声が上擦っているのがわかった。

「電話で、俺が思わず叫んだという話をしたのを覚えているか」

「はい」

「俺はこう言ったんだ——天才だ」

雄太郎は「天才」という言葉に、体が蕩《とろ》けそうな気がした。

「久々に、本物の才能というやつを見た気持ちだよ」

「そうですか」

「もちろん作品は粗削りだ。うん、欠点はものすごくある。しかしそんな欠点なんか吹っ飛ばしてしまう力がある。何と言えばいいかなあ——」

牛河原は腕を組んで天井を睨んだ。

「超高校級のピッチャーみたいな感じだ。コントロールは悪いし、変化球もいまいちだが、球は恐ろしく速くて百五十キロを超える、みたいな」

「あ、その喩え、わかります」

「わかるか」

「ええ。高校野球のピッチャーって、こぢんまり完成してると、プロに入っても大成しませんよね」

「そうそう、それだよ」牛河原は身を乗り出した。「俺たち編集者はプロ野球のスカウトみたいなもんなんだ。こぢんまりまとまったピッチャーなんか欲しくない。欲しいのは、粗削りでもいい、凄《すさ》まじい剛速球を投げられるピッチャーなんだ」

「それが俺なんですね」

牛河原は大きく頷いた。

「一口に言って、温井君の作品はすごくシュールだ。しかし、そこがいい」

「わかってもらえました?」

「もちろんだよ」

「ああ、よかったです。俺、もしかしたら、理解してもらえないかもしれないと、ちょっとだけ不安に思ってたんです」

牛河原はむっとした顔をした。

「俺を、その程度の編集者と思っていたのかい」

雄太郎は少し慌てた。しかし、牛河原はすぐに笑顔を浮かべた。

「いやいや、君の気持ちはわかる。これくらいの作品を書くと、読者がついてこれないんじゃないかという不安はつきものだからな。これは言うなれば、天才の宿命みたいなもんだ」

雄太郎は顔がゆるむのを抑えられなかった。

「すごいところはいくらでも指摘できるぜ」

牛河原はそう言うと、封筒からワープロに印刷された原稿を取り出してテーブルの上に置いた。原稿には無数の付箋《ふせん》が貼られていた。

「たとえば、ここ――」牛河原は原稿をめくった。「『お前、街に混ざってるぞ』というセリフ。これはすごいぞ。こんなセリフ書ける作家は今の日本にはいない」

「ああ、これですね。ここは自分でも自信があったんです。恋人が現代の都会の中に埋没していく状況を指摘しているとこなんです」

「すごい表現だよ。それと、ここ――」

牛河原は原稿をめくった。

「童貞君が初めてのエッチで、いぼ痔をクリトリスと間違えて触るじゃない。こういう発想でベッドシーンを書いた人はいない」

「それ、実は、俺の体験なんで――」

雄太郎は頭を掻《か》きながら言った。

「素晴らしい！」牛河原が言った。「自己をさらけだすことができるのは本物の作家の証《あかし》だよ。君は作家になるべき男だったのかもしれない」

雄太郎は体が震えてくるのを感じた。自分の人生が今、大きく変わろうとしている——人生にいつかこんな瞬間が訪れることは確信していたが、今がまさにその時なのか。

「けど、実体験はそのシーンだけなんです。あとは全部、あり得ないシュールな世界を描いてみたんです」

「それがいいんだよ。虚実を取り混ぜる。あり得ないイメージだけの世界は嘘の世界だ。しかし事実の積み重ねばかりでは小説にはならない。君は小説を書くのは初めてだと言ったが、そのあたりを本能的にわかっている。これはすごいことなんだ。プロでも全然わかっていない作家がいくらでもいる」

「そうなんすか」

牛河原は原稿をめくりながら呟くように言った。

「どのページからも才能がキラキラ光っている感じだ。まさしく天才としか言いようがない」

雄太郎は牛河原の口から「才能」「天才」という言葉が出るたびに、脳にエンドルフィンが分泌されるのを感じた。

「しかし、だ」

不意に牛河原は顔を少ししかめた。

「現実にこれを出版するとなると、いろいろ問題がある。出版は決して慈善事業じゃない。多分、社会のことをよく知っている温井君なら、俺が言わんとしていることがわかっていると思うが――」

「だいたいわかりますよ」

牛河原は、さすがという顔で大きく頷いた。

「やっぱり君はしっかりしているな。若いのに社会の仕組みというやつをわかっている。かなり歳を食っていても、世間知らずと言うか、そのあたりが全然わかっていない人も少なくないんだよ。温井君の周りでもそういう大人はいるだろう」

「沢山《たくさん》いますね」

「つまりだ、俺の言いたいことは、だな――」

「俺みたいに別に有名人でもなく、新人賞を取ったわけでもない若者が、簡単に出版できるわけがないということですよね」

「そうなんだ」

牛河原はそう言うと、腕を組んだまま、難しい表情で黙りこんだ。

雄太郎は話の展開が読めなかった。本は結局出ないということなのか。それとも出るのか――。

やがて牛河原は胸ポケットから一枚のメモ用紙を取り出し、テーブルの上に置いた。そこには数字が書かれていた。雄太郎がそれを覗きこむと、そこには「三、六五〇、〇〇〇」という数字と「一、四七〇、〇〇〇」という数字が書かれていた。

「販売部から出てきた数字だ」

牛河原は言った。雄太郎は意味がよくわからないままに頷いた。

「販売部もこの作品は出したいと言ってくれた。しかし温井君は知っているかどうかはわからないが、現在、出版業界を取り巻く環境は恐ろしく悪い。はっきり言って未曾有《みぞう》の大不況だ。で、販売部も丸栄社がすべてリスクを背負う形での出版は難しいと言うんだ」

雄太郎は聞きながら、いったい話はどこに向かっているのだろうかと思った。

「ぶっちゃけた話、販売部は、著者とリスクを折半する形でなら、出版に賭けてみたいと言うんだ」

牛河原は机の上のメモを指差した。

「三百六十五万円という数字は出版にかかるすべての費用の合計額。百四十七万円という数字は著者に負担してもらう金額だ」

雄太郎はメモの数字にもう一度目をやった。

「出来る限り著者の負担を少なくするべきだと、俺もとことん販売部相手に頑張ったんだが――すまない。俺の力不足だ」

牛河原はそう言って深々と頭を下げた。

「やめてくださいよ。牛河原さんが頑張ってくれたのはよくわかります」

雄太郎は牛河原が自分のために戦ってくれたのはわかった。しかし百四十七万円という数字は簡単に、はいわかりましたと言える金額ではなかった。

雄太郎はもう一度メモの数字を見た。すると、「一、四七〇、〇〇〇」という数字の上に、別の数字が書いてあり、横線で上から消されていた。その数字は「一、七七〇、〇〇〇」という数字だった。

「牛河原さん、この数字は？」

「ああ、これか——いや、何でもない」

雄太郎はその瞬間、牛河原が書き直したのだとわかった。

「本当は百七十七万円だったんですね」

「参ったなあ」牛河原は頭を掻いた。「温井君と会う直前に、俺の一存で三十万引いたんだよ」

「そんなことできるんですか」

「何としてもこの作品を世に出したくてな。三十万くらい、俺が被《かぶ》れば済むことだ」

「それは悪いですよ」

「温井君はそんなことは気にしなくてもいい。俺は編集者だ。優れた才能を世に出すことができれば、三十万なんてたいしたことはない。それにだ、俺はこれが出版されたら、ベストセラーになると確信している、百万部も夢ではないと思っている。そうなれば、三十万円の何倍もボーナスで返ってくる。つまり、これは俺にとっても賭けなんだ」

牛河原がそう言って笑った。このおっさんすげえな、と雄太郎は思った。でも、百四十七万円はやはりちょっと払えない金額だ。

「温井君は『ロシアンルーレット・テレビ』という小説は知ってる？」

不意に牛河原が訊いた。

「知ってますよ。『ロシテレ』ですね」

その小説はたしか高橋と麻美が読んでいた。二人からストーリーを聞いて、面白そうだなと思った記憶がある。

「あの本は四年前に、丸栄社と著者が出版費用の半額ずつを負担して出した本なんだ」

「そうなんですか！」雄太郎は驚いて声を上げた。「あれ、ベストセラーでしょう」

「二十五万部売れた」

「すごいですね」

「俺は温井君の本もそれくらいは売れるのではないかと思っている」

雄太郎もそれくらいはいけるのではないかと思った。

「もし二十五万部売れたら、温井君の印税もすごいことになるぜ」

「どれくらいになるんですか」

「定価千円で二十五万部売れたら、印税は二千五百万円だよ」

一瞬体が固まった。

「――二千五百万円ですか」

「俺は百万部いっても不思議ではないと思ってる。『もしドラ』が二百七十万部も売れたんだから、話題になればそれくらいはいくと睨んでる」

頷きながら、頭の中で計算した。二百七十万部なら二七〇、〇〇〇、〇〇〇円――二億七千万円！

目の前にあるメモに書かれた百四十七万円なんて全然はした金に思えてきた。

「ちなみに二万部売れただけで、印税は二百万円になる」

たったの二万部で百四十七万円は回収できるどころか、五十三万円の儲けになる――。

「丸栄社で本を出した著者は、うちで二冊目三冊目を出す人が少なくない。これはどういうことか、わかるよね」

雄太郎は頷いた。本を出して味を占めた著者たちということだ。

「しかし、これだけは絶対とは言えない。残念なことだが売れない本というのもある。うちにとっても著者にとっても残念な結果に終わることもある。それがビジネスの怖さでもある」

「わかりますよ。リスクのないビジネスはないですからね」

「さすがだね。若いのに何もかもわかっている」

牛河原に褒められて得意な気分になった。

「とにかく、今、決めることはない。百四十七万円は大金だ。一時の勢いで決めるのは絶対に良くない。ゆっくり考えてから決断しなさい。少しでも不安に思っている時は、絶対に契約してはいけないよ」

雄太郎は牛河原の言い方に良心を感じた。この人には商売っ気というものが一切ない！

玄関で別れ際、牛河原は「最後にもう一度だけ言っておくけど」と言った。

「君は本当の天才だよ」


丸栄社からの帰り道、雄太郎は気持ちを静めるためにスターバックスに入った。いつもは砂糖をたっぷり入れた甘いカフェラテだったが、今日はそんな気分ではなかった。熱くて苦いブラックでないと、興奮を抑えることができない気がしたのだ。

「百四十七万円か――」雄太郎は呟いた。「大金ではあるな」

そうして一人で笑った。

手元には三年かかって貯めた百万円余りの預金がある。これは来年のアメリカ生活のための費用だ。これを全部はたいてもまだ五十万円ほど足りない。残りはローンしたり友人から借りたりすれば、何とかなるかもしれないが、もし本がまったく売れなかったら、悲惨なことになる。アメリカ行きはダメになるし、しばらくは借金返済のために働く生活になるだろう。雄太郎は苦いブラックのコーヒーを飲みながら思案した。

でも、と思った。俺の本がまったく売れないなんてことはあるだろうか。一万五千部が売れれば、元は取れるのだ。一万五千部なんてわずかな数字だ。あの『ロシテレ』だって二十五万部も売れたのだ。俺の本がいくら売れなくても、その一割は売れるはずだ。それだけで二百五十万円の印税収入だ。

しかし、それでも売れるとは限らないと牛河原は言っていた。もし五千部しか売れなかったら、印税は五十万円だから、九十万円以上の赤字になる。千部しか売れなかったら、赤字は百三十万円以上だ。

これはまさしくハイリスク・ハイリターンのギャンブルだということに雄太郎は気づいた。しかし同時に心のうちに高揚感がふつふつと湧いてくるのを感じた。これこそ、俺が待ち望んでいた状況ではないか。半端じゃないリアル人生じゃないか。

よーし、やってやる。温井雄太郎、一世一代の大勝負に打って出るんだ！

その夜、雄太郎は友人たち六人を居酒屋に集めた。いずれも上京してからバイトで知り合った仲間やその関係で友人になった者たちだ。皆、フリーターだが、よく集まって将来の夢を語り合っていた。

雄太郎は友人たちに、本を出す話をした。出版に至る条件を聞いた友人たちの反応は真っ二つに分かれた。

以前、コンビニのバイトで知り合った藤本《ふじもと》は「無謀じゃないか」と言った。

「それだけの金を出して、本が売れるとは限らないだろう」

そう言ったのは柳沢《やなぎさわ》だ。

「だからこそ、これは冒険なんだよ」

と雄太郎の隣の部屋に住む高橋は反論した。

「危険すぎるぞ」と佐々木《ささき》が言った。

「危険は温井だって承知の上だろう」

川口《かわぐち》が言った。彼も雄太郎の決断にエールを送っていた。

友人たちは「反対派」と「賛成派」に分かれて言い合った。

「失敗したらどうするんだよ」

「失敗を恐れちゃ何もできないさ。それにだ、何をもって失敗というんだ」

「本が売れなかったらどうするんだよ」

「それはビジネスだから仕方がないさ」

「百四十七万円は大金だ。高橋と川口は温井に頑張れって言ってるが、もし本がまったく売れなくて、借金を背負ったら、いくらか援助してやれるのか」

その言葉に、高橋と川口は言い返せなかった。

「外から威勢のいいことを言って応援するのは簡単だけど、失敗を背負ってやる覚悟もなしに、無責任なことを言う気にはなれんな」

藤本の言葉に、柳沢と佐々木が頷いた。場に沈黙が流れた。

それを破ったのは雄太郎の笑い声だった。

「みんなの話を聞いていると、俺の考えていることとは全然次元が違うとしか言いようがない」

雄太郎は明るい声で言った。

「俺はもっと上の次元で考えているんだ。だから、みんなにもそういう次元で話をしてもらいたいんだよ」

「上の次元って何だ」と藤本が訊いた。

「俺はこう考えたんだ」と雄太郎は言った。「もし、百四十七万円が惜しくてやらなかったら、俺は一生後悔することになるとね」

佐々木が「オーバーだよ」と言った。

「いや、オーバーじゃないね。『チャンスは前髪を摑《つか》め』って諺《ことわざ》を知ってるか。チャンスの神様というのは、前だけ髪の毛があって後ろはつるっぱげなんだ。一度通り過ぎてから、摑まえようと思っても、もう遅い。出版に際して、俺は自分に質問したんだ。もし失敗したら失うものは何だろうって。それは結局のところ、百四十七万円という金にすぎないんだ。逆に、もし出版をやめて残るものはなんだ——と」

雄太郎は皆の顔を見渡しながら言った。

「それは莫大《ばくだい》な後悔だ。俺は何年も後になって、あの時、なぜ出版に踏み切らなかったんだと悔むと思うんだ。そしてその悔いは歳いけばいくほど、大きくなっていくに違いないんだ。中年になって、俺はそんな後悔を引きずって生きたくない。それにだ、やらないで後悔するよりもやって後悔する方がずっといい。これは俺の人生哲学なんだ。ああ、あの時が俺の大きなチャンスだったのかもしれないと、中年になって思いたくない。たった百四十七万円のためにそんな後悔をしたくないんだ。たしかに今の俺にとっては大金だ。しかし二十年後の俺にとっても大金だろうか。仮に本が売れなくて百四十七万円の借金を背負ったとしても、中年になった時、俺は若い時の自分を褒めてやりたいね。あの時、俺はよくやったって——」

雄太郎の演説に皆は感心したように頷いた。

「よく言った、温井」と高橋が言った。「偉いぞ！」

何人かが拍手した。続いて藤本が「温井に乾杯！」と言った。同時にテーブルに歓声が上がった。

出版に反対だった藤本と柳沢と佐々木も、雄太郎の決断を褒めた。

「でもよう」

それまで黙っていた堀内《ほりうち》がぼそっと口を開いた。

「温井のやろうとしていることは、ズルなんじゃないの」

雄太郎は堀内の方を見た。

「ズルってどういうことだよ」

「小説家って新人賞でデビューするのが本筋じゃないのか。沢山の応募作から選ばれてのデビューが本当だろう」

「そんなこと誰が決めたんだよ」

「だって、たいていの作家がそうなんじゃないの」

「お前は何もわかってないなあ」と雄太郎は馬鹿にしたような顔で言った。「『ロシアンルーレット・テレビ』は俺と同じように出版費用の半額を出して、二十五万部売れたんだぜ」

「『ロシテレ』とお前の作品は違うだろう」

「そんなこと言ったら、話にならないじゃないか」

「けど、もしお前の作品が本当に素晴らしければ、新人賞に応募しても通るんじゃないの」

「もし出したら、通るんじゃないか」

「なら、そうしたらいいじゃないか。新人賞に通ったら、百四十七万円も払わなくても、ただで出版できるんだぜ」

　雄太郎は一瞬、言葉に詰まった。

　たしかに言われてみれば、堀内の言う通りだ。牛河原はあの作品を天才的な作品と言った。それほどの作品ならどの新人賞に応募しても通るだろう。

「なるほどな、新人賞か」

　雄太郎は呟いた。新人賞に応募する手はあるかもしれない。牛河原には悪いが、それは考えてもいい。


　翌日、雄太郎は牛河原に電話して「お話ししたいことがあります」と言った。

　牛河原はわざわざ時間を取ってくれ、池袋駅近くの喫茶店で会うことになった。

「どうした、温井君。話って何だい」

　牛河原はやってくるなり、明るい声で訊いた。

「おかしなことを聞きますが、俺の作品、新人賞に応募しても通りますかね」

「小説の新人賞か」

「はい」

　牛河原は急に難しい顔をして腕を組んだ。雄太郎は牛河原を怒らせたかと思って焦った。

「いや、出す気はないんですよ」と慌てて言った。「もし、出していたらどこまで行ったのかなと思って——どれくらいのレベルの作品なんだろうと気になっただけで」

「新人賞は難しいかもしれないな」

　牛河原はタバコに火をつけながら言った。

「もし、あの作品のレベルがもう少し低ければ、賞は取れるだろう。けど、あれのレベルは突き抜けている」

「突き抜けているとダメなんすか」

「本当に天才的な作品は、選考委員の古い作家に理解されないということがままあるんだよ」

「ははあ」

「功成《こうな》り名遂《なと》げたベテラン作家は往々にして考えが古い。時代をはるかに突き抜けた作品は認めようとはしない。情けないことにそれが現実だ」

「嫉妬なんかもあったりして」

　雄太郎の言葉に牛河原がにやりと笑った。

「さすがだな、温井君。よくわかっているな」

　牛河原に褒められて気分が良かった。

「前にも言った『ハリー・ポッター』シリーズも、既存の出版社の編集者は誰もその魅力がわからなかった。出版できないと何社も断ったんだ。いずれもプロの編集者たちだぜ。つまり突き抜けたレベルの作品はむしろプロが理解できないんだ」

「だから、この作品を新人賞に応募しても、賞を取るのは難しいと俺が言うのは、そういうことなんだ」

「……」

「でも、もしかしたら、賞を取る可能性もゼロとは言えないですよね」

「たしかにゼロとは言えない。すごく評価されて受賞という可能性も、もちろんある」

雄太郎はその光景を想像した。『天才作家誕生』という見出しが華々しく新聞紙面を飾っているのを。『審査員満場一致で受賞、天才作家現る！』

牛河原に内緒でこっそりと出してみようかと考えた。しかし新人賞に応募してから受賞発表まではしばらくかかる。その場合は結果が出るまで、丸栄社の方を引き延ばさなくてはならない。でも、金の用意に時間がかかるとか、作品に手を入れたいとかで、時間稼ぎすることはそんなに難しいことではないだろう。

「新人賞に応募してみるというのも一つの方法だが――」牛河原は雄太郎の胸の内を見透かしたように言った。「温井君の作品のすごさがわかる編集者は滅多にいないと思う。下手すると、最終選考に残る前に、落選ということもある」

「けど――」と雄太郎は言った。「そんなに理解されない作品なら、出版してもベストセラーにはならないんじゃないですか」

牛河原はにやっと笑った。

「君は大衆の賢明さを理解していないね。大衆というのは基本的には馬鹿だが、一方で非常に鋭いところがある。本物を見逃さない目を持っている。でなければ、出版のプロが否定した『ハリー・ポッター』が世界的ベストセラーになったかね」

「あ、そうか」

「しかし――」と牛河原は少し険しい顔をして言った。「君が新人賞に応募するというなら、俺は敢えて止めない。もしかしたら半年か一年後に、君が新人賞を射止めてデビューする道が開けるかもわからない。それは神のみぞ知る、だよ。選ぶのは温井君自身だ」

牛河原は雄太郎を指差して言った。

「もしも――ですよ。新人賞に落選したら、丸栄社で出版という手はありますか」

牛河原は顔をしかめながら、うーんと言った。

「それははっきり言って難しい。新人賞に落ちた作品というのは、何と言うか――出版業界では一種のキズものだ。たとえばA社で落ちた作品をB社が当選させたとなれば、世間はB社をどう見るね?」

「A社の格下に見ますね」

「それだよ」と牛河原は大きな声で言った。「丸栄社としては、君の作品を未知の天才作家のデビュー作として出版したいと思っている。しかしその作品が他社の新人賞で落とされた作品となれば、編集会議で皆を説得するのは難しいかもしれない。いや、それでも俺は出したいと思っているが」

雄太郎は牛河原の言葉を聞きながら、これは賭けだな、と思った。今、丸栄社に世話になるか、新人賞に賭けるか——。

「君の人生だ。俺には何も言えない。ただ、人生の先輩としてひとつ言えるのは、人生に大きなチャンスは、そうそうないということだ」

牛河原の言う通りだ。チャンスの神様は前髪しかない。それは俺自身が高橋たちに言っていた言葉ではないか。

「牛河原さん」と雄太郎は言った。「俺、丸栄社で出版します」

「よく言ってくれた、温井君。一緒にいい本を作っていこうじゃないか」

牛河原はそう言って雄太郎の手を強く握った。雄太郎はこの人にどこまでもついていこうと思った。

「どうだろう。もし温井君さえよければ、明日にでも契約を交わしてしまわないか。契約してしまえば、丸栄社としても、もうあとへは引けない。出版に向けて編集も販売も全力を尽くすしかない」

「はい」

翌日、雄太郎は丸栄社を訪ねた。

「よく読んでくれ」

牛河原は契約を交わす前に、契約書を雄太郎に渡した。

雄太郎はその契約書をゆっくり読んだ。自分が「甲」となって丸栄社が「乙」となってい
た。難しい法律用語がいくつも出てきたが、だいたいの意味はわかったような気になった。

重要なのは百四十七万円という金額と、初版千部という数字、それに印税が十パーセントと
いうことだった。

「印税は売れた分がもらえるんですか」

「違うよ。印刷した分が支払われる。つまり最初は初版の千部の印税が温井君のものになる。

極端な話、一部も売れなくても初版分の印税は温井君に支払われる」

「それって丸栄社さんはすごく損じゃないですか」

「それが出版社のリスクの一つだよ。でも、温井君の才能に賭けるためにはそれくらいのリ
スクは当然だ」

「ありがとうございます」

「もし千部が全部売れて、増刷することになったら、そのたびに温井君には増刷分の印税が
支払われる」

雄太郎の頭の中に「夢の印税生活」という言葉が浮かんだ。

「出版日はこの日でいいかな」

雄太郎はそう言われて慌てて契約書を見た。そこには出版日が十一月三十日と書かれていた。三ヵ月先だった。

「なぜ十一月三十日にしたかと言うと、翌年の本屋大賞ではこの日の出版までが対象になるからなんだ」

「本屋大賞ですか」

「その賞は全国の書店員が選ぶ賞で、大賞を取れば百万部も夢じゃない」

「俺の作品が選ばれることはないでしょう」

雄太郎は笑いながら言ったが、牛河原はにこりともしなかった。

「俺はこの本は話題になると思っている。書店員のネットワークを馬鹿にしてはいけない。カリスマ書店員の目に留まれば、書店員の間でたちまち火がつくということはあるんだ。俺はそれだけの可能性があると踏んでいる。もし本屋大賞を取れば、温井雄太郎の名前は一躍世間に知られることになる」

雄太郎は自分の体が熱くなってくるのを感じた。この作品は俺が思っている以上にすごい作品なのかもしれない。もしかしたら本当に本屋大賞を取るかもしれない。何かここまでの流れがそうさせるような気がした。

「十一月三十日に出版となれば、その一ヵ月前には校了していなくてはならない。あと二ヵ月しかないが大丈夫か」

「余裕です」

「かなり直すことになるだろうけど、いけるか」

「大丈夫です」

雄太郎は胸を張って答えた。

牛河原はその顔を頼もしそうに見た。それが雄太郎には嬉しかった。


翌週、雄太郎の携帯に丸栄社から電話があった。相手は編集者の高田正子《たかだまさこ》と名乗る女性だった。

「温井さんの担当編集者になりました。よろしくお願いいたします」

「牛河原さんじゃないんですか?」

「牛河原は編集部長なので、私が温井さんの原稿を担当させていただきます」

「そうなんですね。よろしくお願いします」

「早速、打ち合わせのためにお会いしたいのですが、いつがいいですか?」

「それなら、今日でもかまわないです」

雄太郎は夕方、マンション近くの喫茶店で高田と会った。

高田は三十過ぎの痩《や》せた地味な女性だった。器量は今一つで、愛想もよくなく、笑顔はなかった。

「早速なんですが、原稿にチェックを入れさせていただきました」

高田は挨拶もそこそこに、原稿のコピーを机の上に置いた。その原稿は赤いボールペンと鉛筆でおびただしい書き込みがしてあった。

雄太郎は驚いた。まさかこれほど修正されるとは思ってもいなかったからだ。

「こんなに直すの？」

高田は表情も変えずに「はい」と言った。

「赤でチェックしたのは明らかな間違いと訂正すべき個所です。鉛筆で書いた部分は、疑問点と、できれば訂正してもらいたい個所です」

雄太郎はまず赤で書かれた訂正個所を見た。

「これは？」

「ああ、『看護婦』ですね。これは差別用語ですから使えません。『看護師』としてください。どうしても女性であることを示したいなら、『女性の看護師』としてください。それから、『外人』も『外国人』としてください。『ちんどん屋』もＮＧです。だから、この病院の待合室のくだりは書き直していただきたいです」

「でも『看護師』と『外国人』ではニュアンスが違うんですけど」

「丸栄社では差別用語は使えません」

「『ちんどん屋』はどう直すんですか？」

「『街頭行進宣伝マン』とするのはどうでしょう」

「そんなの聞いたことがないっす」

「あと、『あの看護婦さんのオマンコを見たい！』というセリフがありますが、『オマンコ』も猥褻語《ひわい》なのでダメです。『あそこ』とでもするか、場所を特定したいなら、『生殖器』としてください」

「『あの女性の看護師の生殖器を見たい！』なんてセリフ、変でしょう」

「温井さん、小説はブログじゃありませんよ」と高田がたしなめるように言った。「社会的、文化的にも大きな影響を与えるものです。それを自覚していただきたいです」

雄太郎は不承不承《ふしょうぶしょう》ながらも頷いた。

「それから、文章の中に『である』体と『ですます』体が混ざっています。これはどちらかに統一してもらう必要があります」

「なんでですか」

高田は少し呆《あき》れた顔をした。

「小説というものはそういうものです」

「『ですます』と『である』を混ぜるとダメなんですか。それって誰が決めたんですか。俺は今までの古い小説を壊して新しい小説を生み出していきたいんですよ。規則は壊されるためにあるのでしょう」

「小説にはどうしても壊してはならないルールがあるんです。これを壊せば小説ではなくなります。新しい小説はそのルールを踏まえて作るものではありませんか」

「だから、俺はそのルールを壊したいんだってば」

「温井さん」と高田が眉間《みけん》に皺《しわ》を寄せた。「そのルールを壊せば、それは新しい小説ではなくて、小説以外のものになります。小説のルールを踏まえた上で新しい小説を生み出すべきではないのですか」

雄太郎は黙った。

高田は雄太郎が納得したものと思い、その後も字の間違いや語句の重複などを指摘していった。雄太郎は自分が馬鹿にされているような気がしたが、誤字や脱字に関しては明らかな間違いだけに言い返すことはできなかった。

高田は一応の指摘を終えると、最後に言った。

「この作品は現在原稿用紙に換算すると二百三十枚になりますが、これを百八十枚にしていただきたいのです」

「なんでですか」

「契約書には百三十ページの本にするとなっています。今の量だとそれを超えます」

それは気がつかなかった。

「私が削れるのではないかと思った部分に鉛筆が入れてあります」

「でも削るのは無理ですよ。書いた部分はどれも必要な部分です」

雄太郎は抗議したが、高田はその件は取り合おうともしなかった。

「もしページ数が増えるようなことがあれば、契約書を作り直す必要があります」

「それって金額が増えるということですか？」

「私はそれに関してはお答えできる立場にありません。とにかく、来週にお会いするまでに、直しておいてください」


雄太郎は高田と別れると、すぐに牛河原に電話した。

「どうした、温井君」

「担当編集者の高田さんという人が来たんですが」

「ああ、彼女は優秀だろう」

「ちょっと俺とは合わない気がします」

「それがいいんだよ」

「え？」

「作家と編集者が同じ志向を持っていたら、いい小説にはならない。互いに異質な考えがぶつかり合ってこそ、より高いものが生まれるんだよ」

「……」

「小説は作家と編集者の戦いなんだ。小説作りは遊びじゃない。仲良しクラブで、お互いに、これいいね、そうだね、なんて言い合って作っていたら、名作は絶対に生まれない。そう思わないか」

「思います」

「何度も言ってるが、温井君のセンスはズバ抜けている、しかし鋭すぎる。天才的すぎるんだ。切れすぎる刀は逆に一流の刀じゃない。名刀は鞘《さや》に収まってなければならない。高田正子は鞘なんだよ」

「鞘ですか」

「そう、君の剝《む》き出《だ》しの刀を収める鞘なんだ」

「わかるような気もします。たしかに言われてみれば、高田さんの言うことはすごくまともです」

「だろう。それがいいんだよ。君の天才的すぎる部分を少し押さえることによって、作品に普遍性が増すんだよ。今のままでは、本当に限られた一部の人にしか理解できない作品になる恐れもある」

「なるほど、より多くの人に理解できる作品に近づけるわけですね」

「さすがだな。本当に君は理解が早い」

「あと一つ、高田さんは契約の関係上で原稿を短くしろと言っているのですが、どうしても削らないといけないですか。何とかなりませんか」

「俺は契約上のことではなく、あの作品はもう少し削るべきだと思う。削れば名作になる。それは確信している。たしかに自分で書いた文章を削るのは辛《つら》い、その気持ちはわかる。どの文章にも作者ならではの思い入れがあるからな。しかし小説は削れば削るほどよくなる。これは映画も一緒だ。ハリウッドの映画監督には編集権がないのは知ってるね。第三者が編集しないと、やたらと長くなってしまうんだ」

「ディレクターズカットってたいてい長いですもんね」

「小説も映画も贅肉《ぜいにく》をぎりぎりまで落とせば名作になる。減量に成功したボクサーと言えばわかるかな。実は小説を書く上で一番苦しいのは、この削るという作業なんだよ」

「そうなんすか」

「一度、客観的な目で作品を見てほしい」

「わかりました」

牛河原との電話を終えた後、雄太郎は高田正子が鉛筆を入れた個所を読み直してみた。すると、悔しいかな彼女の指摘はいちいち的を射ていた。自分も間違いを指摘されて、感情的になっていたかなと反省した。

よーし、こうなったら来週までに高田を驚かすくらいに書き直してやると闘志が湧いた。

できれば彼女を外してほしいと思っていた雄太郎だったが、牛河原と話していて、逆に素晴らしいパートナーだと思えてきた。

締切までは二ヵ月を切っていたが、高田とがんがんやり合って、とんでもない傑作に仕上げてやると誓った。

早速マンションに帰って、書き直し作業に取り掛かった。

しかし修正と削除は簡単ではなかった。ある部分を削ると意味が伝わらなくなり、別の一文を加えることになる。そうするとまた文章がダブり、別のところを削ることになる。雄太郎は作業をしながら、文章を削る苦労を味わった。

作家というものがこれほど苦しいとは思わなかった。初めて書いた時はただむやみに文章を書き連ねているだけだったが、一文一文の意味を考えながら書いていると、これが意外に難しくて奥が深いということがわかった。しかしそれだけに充実感もあった。

締切があるというのも逆に緊張感を高めてくれた。これが締切に追われる作家の苦しみかと思うと、快感に似た気持ちさえ味わった。

雄太郎は今、自分が小説家に近づいているというたしかな自覚があった。

＊　＊　＊

「いつもながら牛河原部長の剛腕には恐れ入ります」

荒木が枝豆をつまみながら言った。いつもの居酒屋での会話だった。

「小説なんか書いたことのないフリーターに本を出させるんですから、もうびっくりですよ」

「あの手の根拠のない自信を持っている若者をその気にさせるのは簡単なもんだ」牛河原は手羽先をかじりながら言った。「自分はやればできる男、と思っているからな。自尊心にエサを垂らしてやれば、すぐに食いつく」

「やればできるって、便利な言葉ですね」

「まったくだ。近頃のガキは子供の頃から、親や教師から『君はやればできる子なんだから』などと言われ続けているもんだから、大人になってもそう思い込んでいる。でもな——本当にその言葉を使っていいのは、一度でも何かをやりとげた人間だけだ。何一つやったことのない奴が軽々《けいけい》に口にするセリフじゃない」

「何か妙に耳が痛いです」

荒木が苦笑しながら言った。

「まあ、そんな理屈はともかくとして——」牛河原も笑いながら言った。「やっぱり、『ロシテレ』が効いたのはたしかだな。『ロシテレ』が売れるなら、俺もと思うんだな」

「あの作品はそんなに面白いんですか?」

「稀《まれ》に見るクズ作品だよ」

荒木はわざとらしくずっこけた。

「未来社会で職にあぶれて金のない人たちが命を賭けたテレビ番組に出るというやつだ。ロシアン・ルーレットあり、クイズあり、ゲームありで、勝てば賞金獲得、負ければ命を失うというやつで、ばんばん人が死んでいくという何とも馬鹿馬鹿しい小説だよ。リアリティゼロ、構成破綻《はたん》、ヒーロー不在、キャラクター支離滅裂のクズ小説だよ。売れるはずがないと思っていたら――」

「売れたんですか?」

牛河原は頷いた。

「最初は横浜の中学生を中心に小さなブームが起きた。それは、『ロシテレ』をある中学校の女生徒が回し読みしているという情報だった。なぜそれがわかったのかというと、うちの社員の息子がたまたまその中学校の生徒だったんだ。それでその社員は笑い話として会社でその話をしたんだが、それを聞いた社長が、その火を消すな、と言ったんだ。で、営業が動いた」

「どうやったんですか」

「その中学校の校区の書店にどかっと積んだんだ。そうしたら飛ぶように売れた。それからブームはまたたくまに近隣の中学校へ飛び火した」

「へえ」荒木は感心したように声を出した。

「いやあ、中学生のブームの伝播力《でんぱりょく》というのはすごいな。大人ではこうはいかない。二ヵ月も経たないうちに北海道や九州でも売れるようになった。で、三ヵ月後、あるテレビの情報番組で中学生の間で話題になっている小説があると紹介されたら、あっという間に大ベストセラーになった。著者の大月幸男《おおつきゆきお》はその後、ガキンチョたちに支持される人気作家になった」

「ベストセラーって簡単に作れるんですね」

「いや、簡単じゃない」牛河原ははっきりと言った。「同じ条件が揃えばベストセラーになるかというと、そんなもんではない。法則はないんだ。テレビで紹介された本はたしかによく売れるが、全然売れない本もいくらでもある。『ロシテレ』がどうしようもないクズ小説なのはたしかだが、今の中学生を夢中にさせる何かを持っていたとしか言いようがない」

「でも、横浜で仕掛けなければ、爆発的なヒットはしなかったわけですよね」

「それは間違いない。もしあの時の仕掛けがなければ、大月幸男は今頃どこかでフリーターをしていただろう」

「ギャンブルに勝ったんですね」

「これはうちにとっても大きかった。ジョイント・プレスで出した本がベストセラーになったという実績は、その後、客を勧誘する際に大きな威力を発揮するようになったからな。

『ロシテレ』の名前を出すだけで、客は自分の本も同じようにベストセラーになるかもしれないと思うから、楽なもんだ」

牛河原はそう言うと、店員を呼んで生ビールのお代わりを頼んだ。

「ところで、例の子に高田正子をつけたんですね」荒木が言った。

「ああ、彼女ならばっちりやってくれるだろうから。フリーの編集者の中ではよくやってくれる」

「でも、あの子、まったく融通が利《き》かないって誰かが言ってましたよ」

「それがいいんだよ。真面目にやるからこそ、気持ちが相手に伝わる。彼女が真剣にやればやるほど、著者は作家みたいな気分になる」

「なるほど、客に小説家気分を味わわせるんですね」

「そういうことだ。百四十七万円の中には、そういうサービスも含まれている。もちろん十万円の印税も含めてね。担当編集者とがっちり組んで小説を仕上げていく――文章をああでもないこうでもないと悩みながらな。これはなかなか得られない経験だよ。そして実際に自分の本が書店に並ぶ。有名作家と同じようにだ。こんな夢のようなことはないぞ」

「締切を設けたのもそれが理由ですか」

「締切を作らないと、素人はいつまでも本が仕上がらないということもある。うちとしても金をもらっている限り、いつまでも本が出ないという事態は避けたい。しかし、それだけじゃない。締切を作ることで、著者に作家意識を与えてるんだ。自分は作家なんだ、という喜びと苦しみを同時に味わいながら執筆するというわけだ」

荒木は生ビールを飲みながら頷いた。

「それにだ、しばらくはベストセラーになるかもしれないという夢も見られるんだ。生涯で滅多に味わえない楽しい気分を満喫できる」

「そう言われてみれば、百四十七万円なんて安い気がしてきましたよ」

「安いに決まっているじゃないか」牛河原はそう言って笑った。「歳を取ってからも、若い時に小説を出したんだという素晴らしい思い出が残る。孫にだって自慢できる」

「僕らはすごくいい仕事をしてるんですね」

「そういうことだ。この仕事で一番大事なのはアフターケアだ。この商売は顧客にとっては、金銭的に得するとか損するとかいう問題じゃない。心の満足を与えれば、皆が納得する」

「売れないって怒ってくる著者はいないんですか？」

「そりゃあ、いる」

「どうするんですか」

「著者と一緒に怒るんだ」牛河原は言った。「なんで、こんないい本が売れないんだ！　世間の奴らの目はそこまで曇っているのか！　って。時には、悔し泣きして見せることもあるよ」

「そこまでやるんですか」

「当たり前だ。著者は百万円以上の金を払ってるんだよ。泣いて見せるくらいは安いもんだ。俺が悔し泣きすると、たいていの著者は逆に感激するよ。そこまで思ってくれる編集者に出会えて嬉しい、と言って泣き出す著者もいる。そうなればこっちのものだ。上手くいけば二冊目もうちで出版してくれる。俺はこれまで同じ著者で四冊出版させたことがあるよ。総額で七百万円は出させたかなあ」

荒木は肩をすくめた。

「繰り返すが――」と牛河原は言った「俺たちの仕事は客に夢を売る仕事だ」

3 賢いママ

先程から大垣萌子《おおがきもえこ》はいらいらしていた。

ママ友たちの会話が芸能ゴシップから一歩も出ないのだ。誰と誰がくっついただの、離婚したただのという話は、萌子にはまったく興味の持てないものだった。いや、むしろくだらない軽蔑すべき話題だ。テーブルを囲む女性たちの中で、萌子だけが話の輪に加わることなく一人でアイスティーを飲んでいる。

今日の午前中は幼稚園で催されるバザーの準備のための保護者会があり、それが終わった後、近所のママ友七人と近くの喫茶店でお茶を飲もうということになったのだ。萌子の住んでいる町は近年開発された住宅地で比較的若い夫婦が多く、同じ歳の子供を持つ親も多かった。それで数人から十人くらいのママ友が一緒にお茶を飲んだりランチをしたりということがよくあった。

最初は子供の話題が多かったが、親しくなって打ち解けてくると、下世話な話に花が咲くことが増えた。最近はもうファッションの話、テレビ番組の話、週刊誌のゴシップ記事の話ばかりだった。

この日も先程から韓流スターの話題で盛り上がっていた。

「ねえ」

ちょうど話題が一区切りついたところで、萌子が口を開いた。

「韓流の話もいいけど、せっかくこうして集まっているんだから、もう少しレベルの高い話をしません？」

場が一瞬しらけた空気になった。何人かが露骨に嫌そうな顔をした。

「そうは言っても、私たちはレベルが低い話しかできないから」

橋田恵子《はしだけいこ》がおどけたように言うと、何人かが笑った。

「レベルの高い話って、どんなの」

小沢春江《おざわはるえ》が皮肉っぽく訊《き》いた。

「たとえば、教育の話とか」

萌子の言葉に全員が鼻白《はなじろ》んだ顔をした。

「ここでお互いが子供にしている教育について情報交換するのは、意義のあることだと思うの」

「うちは別に教育なんかしてないし」

小沢春江が言った。何人かが頷《うなず》いた。

加山洋子《かやまようこ》が「うちも特に話すことなんかないわ」と言った。

「じゃあ、私から話をしましょうか」

萌子が言うと、皆は黙った。

「優美子《ゆみこ》にはこの前から英語を習わせてるんだけど、なかなか面白いと思ったわ」

「幼稚園児に英語なんて早いんじゃないの」

多田淳子《ただじゅんこ》が言った。

「そんなことないわよ。教育に早すぎるなんてことはないわ。むしろ語学は早ければ早いほどいいのよ。バイリンガルにするにはできるだけ早い時期に外国語を脳に入れることが大事なの。一旦《いったん》、脳にそういう回路ができると、大きくなってから他の外国語を習得するのにもすごくいいと言われているわ」

「そんなに沢山《たくさん》外国語を習っても意味ないじゃない」

「これから海外で仕事をしようと思ったら、二つ以上の外国語を喋れたらすごく有利よ。多国語を自由に操る人をポリグロットというんだけど、欧米人には珍しくないのよ」

テーブルにいたママ友たちは誰も反応しなかった。萌子は彼女たちの無関心さに呆れながらも、彼女たちは何も知らないんだと思った。だから私が教えてあげないと。

「私も実は最初は英語の早期教育には不安もあったの。でも全然杞憂《きゆう》だった。優美子が英語を習うようになって、面白いことに日本語の習得のスピードも上がってきたの。この前もね

──」

その時、テーブルの端で歓声が上がった。三谷《みたに》佳織《かおり》が「見て、見て！」と言いながら、週刊誌のページを指差して、周囲の何人かが覗きこんでいた。

「イ・フニョンの中学時代の写真だって」

たちまち週刊誌はテーブルのママ友たちの間に回された。

「うわー、全然違う顔じゃない！」

「韓国のスターは皆、整形してるって本当なんだね」

週刊誌がママ友の間を一周する頃には、話題は完全に整形手術に移っていた。

萌子はママ友たちと別れてから、駐車場に置いていた軽自動車に乗り込むと、大きく舌打ちした。

車のエンジンをかけながら、あいつら、本当に馬鹿だ！　と吐き捨てるように呟《つぶや》いた。いつものことだが、あの馬鹿どもと一緒にいるとフラストレーションがたまる一方だ。教養もなければ向上心もない。何より精神が低俗だ。私がどれほど英才教育の素晴らしさについて教えてやろうとしても全然興味を示さない。それどころか、うちの優美子の話さえ聞こうとしない。いや、あいつらは優美子の出来の良さに嫉妬しているのだ。

五歳で漢字が百個も書けるのは幼稚園では優美子しかいない。算数だって簡単な分数の計算もできる。同じ歳の子供たちの大半はひらがなさえもおぼつかないし、繰り上がりの計算すらできる子はいない。得意なのは勉強だけではない。二十五メートルを泳げるし、ピアノもバイエルを卒業している。本来ならすべてのママたちの憧れの存在であるはずなのに、彼女たちは誰も優美子を賞賛しない。理由はわかっている。優美子の話題になると、自分の子の出来の悪さを意識するからだ。

さっきの店でも、私の話に興味深そうだったのは正樹君のお母さんの伊藤恵理子《いとうえりこ》だけだった。彼女はママ友たちの中では珍しく四年制の大学を出ている。三流の女子大だけど、それでも短大や高卒よりはだいぶましだ。いつか彼女には英語の早期教育の素晴らしさを教えてあげよう。ほら、私を喜ばせるだけで、こんなにいいことがあるんだ。他のママ友たちには絶対に教えてやらない。十年後に損をした、と思ってももう遅い。

萌子は帰宅すると、パソコンの電源をつけた。

ワードを開いて、書きかけのファイルを開く。タイトルは「賢いママ、おバカなママ」だ。内容は優美子にほどこした英才教育とその驚くべき効果についてだ。もうかなりの部分は書き終えている。

これを本にするのが萌子の夢だ。都内の難関私立小学校合格と同時に出版するのを目標にしている。センセーショナルな本になる確信があった。

二歳の時から優美子にほどこしてきた英才教育の数々。幼稚園に通うまでは毎日八時間以上もつきっきりで勉強を教えた。お蔭《かげ》で三歳になるまでにひらがなとカタカナは全部読め、九九をすべて言えるようになった。それにはもちろん優美子の持って生まれた頭の良さもあるが、萌子は自分の教育方法のお蔭だという自信があった。他の親みたいにスパルタ式で教え込むのではない。できないからといって、怒ったり叩いたりするのはもっての外《ほか》だ。子供の英才教育で一番してはいけないのは、親が感情的になることだ。

子供が一番見たいのは母親の笑顔だ。逆に一番見たくないのは母親の悲しむ顔だ。だから教育にはそれを利用してやればいい。子供が問題に正解を出せば、思い切り喜んで抱き締めてあげる。間違えたら、悲しそうな顔をして沈みこめばいい。すると子供は母親の喜ぶ顔を見たくて、必死になって頑張る。その成果が今の優美子だ。

ママ友たちはそれを知らない。あの馬鹿たちは子供にものを教えても、覚えが悪かったり間違えたりすると、すぐに怒る。だから子供は伸びない。私のやり方を学べば、あっという間に伸びるのに。でもあいつらには絶対に教えてやらない。

優美子の合格と同時に出版する本には、私のメソッドがすべて書いてある。あいつらはそれを見て、地団駄《じだんだ》踏むんだ。中には「大垣さん。どうして教えてくれなかったの？」と恨みがましい目で言う奴がいるかもしれない。小沢春江なんかはその口だ。その時はこう言ってやる。

「あら、あなた、子供の英才教育なんかに全然興味をお持ちじゃなかったんじゃないの」

私の言葉を聞かなかったことを後悔するだろう。私は追い打ちをかけて言ってやる。

「聞いてくだされば、いつだって教えて差し上げましたのに」

その時の小沢春江の顔を見たいものだ。だから、そのためにもこの本を仕上げなくちゃ。

原稿が完成したら、「丸栄社教育賞」に出すと決めていた。萌子が取っている新聞に原稿募集の大きな広告が出ていた。丸栄社という出版社は知らなかったが、全国紙の広告に載るくらいだから、一流の出版社だろう。その広告には、いくつもの部門の賞の募集が載っていた。「丸栄社教育賞」についてはこう書かれていた。

「丸栄社教育賞は親と子の『躾《しつけ》、教育、ふれあい』がテーマの賞です。エッセイでも論文でも小説でもジャンルは問いません。大賞賞金は百万円。大賞作品は当社にて出版いたします」

百万円も魅力だったが、萌子にとっては大賞を受賞すれば出版できるということの方がはるかに魅力的だった。

原稿の内容には自信があった。自分で読み直しても感動して涙が出てくるほどだ。ようやく言葉を覚えたばかりの二歳の赤ちゃんが、それからわずか三年で分数までこなせるほどに成長するドキュメンタリーだ。これを読んだ人は萌子の教育方法のすごさ、母の愛情の深さ、そしてそれに応えようとする子供の健気《けなげ》な気持ちに打たれるだろう。

でも本の内容はこれだけじゃない。第二部は「子供の将来性を潰す母親たち」だ。ここには萌子がこの三年間で見てきたおバカなママたちが描かれている。韓流ドラマに夢中の母親、テレビのワイドショーしか興味のない母親、一年間に一冊も本を読まない母親、三十歳を超えても髪の毛を金髪にしている母親、食品添加物満載の安い食材ばかり選んで買っている母親――ここに登場する母親たちはすべて萌子のママ友たちだ。もちろん仮名で書いてはいるが、勘のいい人なら自分のことだとわかるかもしれない。でも、わかったってどうってことない。仮名で書いているから訴えることなんてできない。いや実際は自分のことが書かれているのも気づかないで、「うわー、世の中には馬鹿な女もいるのねえ」と笑うかもしれない。お笑い草だわ。

この第二部は一般読者にとって反面教師になる部分だ。「こんな母親になりたくない」と思ってもらうために書いた。最初は付録のつもりで書いたのだが、書き始めるとどんどん筆が進み、結局、第一部の倍ほどのページ数を取ってしまった。まあ、それでもかまわない。

本全体は三部構成になっている。最後は「萌子の青春」だ。ここには自分の若い日のことが書いてある。一流大学を目指して勉強してきた高校時代、そして向上心を持っていくつもの資格を取った大学時代のことがエッセイふうに綴《つづ》られている。さらに自分がどんな映画や小説や音楽に感銘を受けてきたかが記されている。作品の感想や批評も載せてあり、この部分だけでもかなりレベルの高い読み物になっている。この第三部を読めば、大垣萌子という人物がいかに知的で多くのものを知っているかがわかるはずだ。教養ある読者なら、著者に会ってみたいと思うだろう。でも、馬鹿なママ友たちは、ここに挙げられている映画や小説のタイトルを目にしても、何のことかわからないだろう。せっかく素晴らしい作品を教えてあげても、それでは何の意味もない。まさに「豚に真珠」だ。

萌子はキーボードを打ちながら、今日は普段よりも調子よく書けていると思った。ママ友たちと喋った後はいつも筆が進む。あの馬鹿たちを見ると、早くあいつらとは違うステージに行かないと、という気になる。その意味では彼女たちは私のモチベーションを上げてくれるありがたい存在でもあるのだ。感謝しなくちゃ。


丸栄社から電話があったのは、原稿を送ってから三ヵ月ほど経った頃だった。

「初めまして、私は丸栄社編集部の牛河原と申します」

丸栄社という名前を耳にした途端、萌子の心臓が早鐘を打った。

「『賢いママ、おバカなママ』を書かれた大垣萌子さんですか」

「そうです」

まさか——受賞？　でも発表はまだ先のはず。萌子は素早く壁のカレンダーを見てたしかめた。

「このたびは丸栄社教育賞にご応募くださいまして、誠にありがとうございます」

萌子は「はい」と答えながら、動悸《どうき》が速くなるのを抑えられなかった。

「大垣さんの作品『賢いママ、おバカなママ』が最終選考に残りました。そのご報告でお電話を差し上げました」

「そうなんですか！」

「はい」牛河原は言った。「応募作、全三百二十三編の中で、最終選考の七編に残りました」

「ありがとうございます」

「最終選考会は二週間後に行います。では、その頃にまた結果をお伝えいたします」

「あ、あの——」

萌子は慌てて言った。

「何でしょう」

「受賞、できそうですか」

「それはわかりません。選考委員が決めることですから」

牛河原は落ち着いた口調で言った。

「しかしながら、ここまで選考に携わった編集部の意見では、大垣さんの作品が最有力候補です」

電話を切った後も、萌子の興奮は収まらなかった。

牛河原が言った「最有力候補です」という言葉を頭の中で数え切れないくらい反芻《はんすう》した。

そんなことをわざわざ告げるということは、ほとんど受賞が決まっているということではないのか。つまりあの電話は、受賞告知の心の準備期間を与えておくための一種の儀式みたいなものではないのか。仮にそうではなかったとしても、編集部の一押し作品なら、受賞してもおかしくはない。

その夜、帰宅した夫の弘明《ひろあき》に、丸栄社からの電話のことを話すと、弘明は「本当かい！」と驚きの声を上げた。

「最終選考に残るってすごいじゃないか」

「編集部の人が言うには、最有力候補なんだって」

「すごいなあ。もし受賞したら本になるんだろう」

「あなた、私が本を書いてきたことをずっと馬鹿にしてたけど」

「いや、馬鹿にはしてないよ」

弘明は慌てて手を振った。

「絶対に賞なんか取らないって何度も言っていたじゃない。世の中、そんな甘いもんじゃないって」

弘明は「うーん」と言いながら困ったような顔をした。これまで弘明は萌子の執筆に対して何度も嫌みを言っていた。それで大喧嘩《おおげんか》になったこともあった。

弘明は畳の上に両手をつくと、「悪かった。素直に謝る」と言った。いつもなら簡単には許さない萌子だったが、その夜は全然腹が立たなかった。

「いやあ、萌子には本当に文才があったんだなあ。びっくりだよ。マジですごいよ」

弘明はまさに掌《てのひら》を返したような態度で、萌子を褒めそやした。しかし調子のいい弘明の言葉さえ心地よかった。

それからの二週間はずっとお酒でも飲んでいるみたいな気分だった。受賞のことを想像すると、自然に笑みがこぼれてきた。

丸栄社から電話がかかってくるまでは、いつも不愉快な気分が心を占めていたが、そんなものはどこかへ行ってしまった。馬鹿なママ友たちとお茶を飲んでいても、彼女たちに対していらいらすることはなくなった。彼女たちが私の受賞を知った時の驚きを想像すると、わくわくした。

――丸栄社教育賞大賞受賞！

最高だ。受賞するとは思っていたが、実際にその栄冠をほとんど手に入れたも同然の今、その喜びは想像していた以上のものがあった。

書店に「大垣萌子」という名前が書かれた本が平積みに並ぶ。ページを開くと、著者近影として私の笑顔が載っている。近所のママたちの間でセンセーションを巻き起こすに違いない。地元新聞社からの取材も来る。いや東京の大手新聞社からも取材が来るかもしれない。うん、きっと来る。なぜなら本のテーマが、幼い子供を持つ親たちが全員関心を持つものである上に、内容が鋭く深いからだ。

この本がきっかけで私の人生が変わるかもしれない。おバカなママ友たちと決別して、レベルの高い友人たちを作るのだ。本来なら、私はあんな馬鹿たちと一緒にいるような人間ではない。

私は英検も漢字検定も秘書検定も二級を持っている。ワードもエクセルも使いこなすことができる。通っていた大学は一流とまでは言えないが、近所のママ友あたりでは行けないような偏差値の学校だ。それなのに、一流企業に入ることができなかった。親にコネがなかったのと地方出身者だったせいだ。今にして思えば、外資系を選ぶべきだった。外資を受けなかったのは英会話に自信がなかったからだ。

一度、ママ友にその話をした時、皆に「大垣さんが英語を喋れないなんて、意外！」と言われたことは忘れられない。私の謙遜《けんそん》を言葉通りに受け取るなんて、呆《あき》れてしまう。私は英会話に自信がないと言っただけで、英会話ができないとは一言も言っていない。日常会話くらいならこなせる自信はある。中学英語もわからないような馬鹿な主婦たちに同じレベルと思われたことが悔しくてならなかった。

とにかく外資はコネがなくても地方出身でも関係ない。実力だけで勝負できる。それに器量も関係ないに違いない。日本の会社は器量のいい女性を取りたがる。自分よりも馬鹿なのに美人というだけで一流企業に入った同級生を何人も見てきた。だから娘には英会話をしっかり身につけさせ、将来は世界的な企業で働けるようなスーパーウーマンにするんだ。

　この町の主婦たちは教育にはほとんど関心がない。塾は小学校へ上がってからでいいなんて甘いことを考えている。ここでは誰も「お受験」を考えていない。ママ友たちの学歴を見れば、それも仕方がない。たいていは高卒か専門学校卒だったし、たまに大卒がいても短大だ。これではちゃんとした友人なんかできるわけがない。

　萌子は今さらながら、こんな町に来るんじゃなかったと思った。夫の両親が土地を持っているということだけで家を建てたのが失敗だった。優美子が都内の私立小学校に合格したら、ここを引き払って東京近郊のマンションに引っ越すんだ。夫が反対するなら別居したってかまわない。

　情けないことに、夫の弘明もまた全然知的ではない。三流私大卒だから仕方がないと言えばそうだが、小説や映画の話をしてもまったく通じない。それでもこの町の市役所に入ることができたのは親戚のコネのお蔭だ。もし私が一流企業に勤めていたら、絶対に結婚していない相手だ。

　私が弘明と結婚したのは三十の時だ。派遣社員を十年近くやってきて、将来に不安になったから、親の勧めるままに見合いをしたのだ。その時、夫は三十七歳だったのにもう頭が薄かった。

　優美子には私のような結婚はさせない。そのためにも素晴らしいレディーにしてみせる。

丸栄社教育賞の大賞受賞はその第一歩だ。

ところが約束の二週間を過ぎても丸栄社から電話がかかってこなかった。

約束の日から三日目、たまらなくなった萌子が丸栄社に電話しようとした日、家の電話が鳴った。

「牛河原です」

その声を聞いた途端、萌子は嫌な予感がした。牛河原の声が心なしか沈んでいたように聞こえたからだ。

「誠に残念なお知らせなのですが——大垣さんの作品は最終選考に残ったものの、惜しくも大賞を逃しました」

萌子はあまりのショックに返事ができなかった。

「意外な結果でした」牛河原が言った。「まさか、あの作品が大賞を逃すとは——」

「それは、もう決定なんですか」

萌子は訊いた。牛河原は答えなかった。

「今から結果が変わることって、ないんですか」

「残念ながら、それはありません」

萌子は全身の力が抜けそうになった。頭がくらくらして、電話を持ったましゃがみこんだ。

「ですが、大垣さんの作品は優秀賞に選ばれました」

優秀賞という言葉が萌子の耳にうつろに響いた。

「大垣さんに申し上げたいことがございますが、今、お時間は大丈夫でしょうか」

萌子は小さな声で、はい、と言った。

「恐れ入ります。ではまず、選考会の話からいたしましょう。実は丸栄社教育賞が創設以来あれほど揉《も》めた最終選考会はありませんでした。『賢いママ、おバカなママ』を推す選考委員ともう一つの作品を推す選考委員が真っ二つに分かれ、三時間にわたって大激論が交わされました。最後はほとんど摑《つか》み合い寸前にまでなりました」

萌子はすでに結果がわかっていることにもかかわらず、どきどきした。

「結局は元小学校教諭の方が書かれたノンフィクションが選ばれたのですが、我々編集部は『賢いママ、おバカなママ』が落選したと知って大いに落胆しました。というのも、編集部一同は大垣さんの作品が大賞受賞だろうと思っていたからです」

萌子はあらためて悔しい気持ちになった。絶対に自分の作品の方が小学校の元教師なんかよりも面白かったはずだと思った。

「特に私は個人的に大垣さんという人間に強烈な魅力を感じました。教養の深さと知性に感銘を受けました。あ、もちろん、第一部の子育て論、第二部の愚かなママたちの部分にも感心しましたが、それよりも第三部の『萌子の青春』が強く心に残りました」

落選のショックにもかかわらず、褒められると喜びを感じた。特に第三部を認めてもらえたことが嬉しかった。

「私が大垣さんの作品を読んで感じたのは、文章の端々から溢《あふ》れる表現力の豊かさです。この人はいろんなものが書ける人だということです」

牛河原の言葉には熱があった。

「実はこうしてお電話を差し上げたのは、大垣さんに別のテーマで何かを書いていただけないかというわけでして。できたら、弊社が主催する来年の何かの賞に応募していただけないかと思いまして——。いかがでしょう」

その言葉は萌子を再び落胆させた。また新たに一から作品を書くというのは気の遠くなる作業だ。書けないことはないと思うが、今はとてもそんな気分にはなれない。もう当分キーボードなんか触りたくない気分だ。『賢いママ、おバカなママ』が落選したと聞いた途端に、体から「書く」というエネルギーが消えてしまった。

あらためて『賢いママ、おバカなママ』の大賞受賞を逃した悔しさが胸に甦って来た。大賞受賞を逃したことも悔しいが、それよりも大きかったのが、出版の芽がなくなったことだった。自分にとって、『賢いママ、おバカなママ』の出版こそが人生で一番待ち望んでいたことだったことに初めて気づいた。あの本を出版してもらえるなら何だってする。

「ここだけの話」と牛河原が口を開いた。「私は大賞受賞作よりも『賢いママ、おバカなママ』の方が売れると確信していただけに本当に残念です。選考委員は教育関係者たちですが、彼らは一般の読者のことを知りません。私は編集を二十年やっていて、読者がどんな本を求めているかを知っています。『賢いママ、おバカなママ』はまさに現代のお母さんたちが待ち望んでいた本です」

牛河原の言う通りだ。あの本は子育てを真剣に考えている、あるいは悩んでいる若い母親たちが奪い合うように読む本になるはずだ。萌子には、ベストセラーになるという確信に近いものがあった。

「『賢いママ、おバカなママ』はどうしても出版できないんでしょうか？」

「申し訳ありません。丸栄社教育賞は大賞作品しか出版できません」

牛河原は気の毒そうに言った。

「いくらでも書き直します。今から書き直して、良くなれば大賞受賞というわけにはいきませんか。書き直せば、大賞作品よりもずっと良くなると思います」

「選考をやり直すことはできません」

「………」

「大変申し訳ありません」

「あのー」と萌子が言った。「出版できる可能性はもうまったくないんですか」

受話器の向こうで牛河原が一瞬、言葉を詰まらせた。

「実はここだけの話なのですが——」牛河原が少し声をひそめて言った。「この作品を埋もれさせるのはあまりにも惜しいということで、編集部で特例として出版しようという話が持ち上がりました」

萌子は思わず息を呑《の》んだ。

「出版できるかもというところまで話は進んだのですが、いろいろあって、いや本当にくだらない話のせいで、あと一歩というところでダメになりました」

牛河原の声は悔しさを噛《か》みしめているようだった。

「いろいろあって、とは何ですか」

「あ、いや、それはこちらの事情で——すいません、それを言えばうちの恥になりますので」

「教えていただけませんか。どんな理由で、私の本が出版できなくなったのですか」

牛河原は電話の向こうで、迷っているふうだったが、「少しお待ちください」と言って、部屋を移動する音が聞こえた。

「お待たせしました」牛河原は言った。「大垣さんにだけは申し上げましょう」

「はい」

「実は販売部がＮＧを出してきたのです」

牛河原はそこで大きなため息をついた。

「販売部は大賞受賞作でないと売るのは難しいと言い出したのです。ご存じだと思いますが、本を作るのは大変な費用がかかります。編集、校正、印刷、製本、流通や保管にかかる諸費用、さらに宣伝などを入れると数百万円はかかります。だからこそ本を出せる人というのは尊敬されるわけですが、大垣さんの本の場合、五百八十万円という見積もりが出ました」

萌子は、本を出すというのは大変なことなんだなと思った。

「我々編集部としては、どうしても大垣さんの本を出したい。しかし販売部は、丸栄社が出版費用として出せる予算は三百六十四万円までだと言いました。それ以上だとコストが見合わず、リスクが高すぎると言うのです。編集部としてはずいぶんと販売部とやり合ったのですが、結局、二百十六万円の溝が埋まらず、『賢いママ、おバカなママ』の出版が取り止めになったのです。わずか二百万円くらいの金額で、あの傑作ノンフィクションが世に出せないというのは、本当に出版社として恥ずかしい限りです。しかしながら昨今の出版不況で販売部の言い分もわかるだけに――。いや、誠に我々の力不足で申し訳ありません」

牛河原は本当に申し訳なさそうに言った。

「でも私には大垣さんは必ず素晴らしいものが書けるはずだという確信があります。ですから、新しい作品の執筆に取り掛かっていただき、来年度に再度、ご応募いただきたいと、こうしてお電話を差し上げた次第です」

「牛河原さん――」

「はい」

「先程のお話ですが、二百万円という金額があれば、『賢いママ、おバカなママ』は出版できるのですか」

「は？」牛河原は怪訝《けげん》そうな声を出した。「弊社の予算では、その金額が出ないのですが――」

「たとえば、その不足分を私が出すということなら、どうでしょう」

牛河原は受話器の向こうで沈黙した。

「そういうことは可能なんでしょうか」萌子がたたみかけるように訊いた。

「可能か可能でないかと尋ねられたら、可能とお答えします。しかし、私の一存では、今ここでお返事できかねます」

萌子は「可能なんですね」と念を押した。

「はい。前例はあります。しかし大垣さんの場合、新しい作品を書けば、次回は大賞も狙えるほどの才能をお持ちです」

「私は来年じゃなくて、今、『賢いママ、おバカなママ』を出したいんです」

「なるほど」

「あと二百万円あれば、出版できるのでしょう」

「ですが、販売部とその話をしたのは数日前のことで、現在の状況はどうなっているか

――」

「私がその二百万円を出しますから、販売部と交渉していただけませんか」

受話器の向こうで牛河原が沈黙した。

「どうなんですか」

「わかりました」牛河原が力強い声で言った。「大垣さんがそこまで『賢いママ、おバカなママ』に強い思い入れを持っておられるのならば、もう一度、販売部に掛け合ってみます。気合を入れて交渉いたします」

「ありがとうございます」

「いや、礼を言うのは私の方です。あの作品には出版すべき価値があります。本来なら編集部が赤字を覚悟してでも出すべきものでした。申し訳ございません」

「牛河原さんにそこまで言ってもらえて嬉しいです」

「では、今から早速、販売部まで行ってきます。明日の朝一番に電話します。必ず朗報をお届けします」

「ありがとうございます」

電話を切った牛河原を見て、荒木が呆れたような顔をした。

「すごいですね。お金を出させて、逆に感謝させるとは」

「前にも言ったが、この商売で一番大事なのは、客を喜ばすことだ。人は精神的な満足と喜びさえ味わえれば、金なんかいくらでも出す」

「勉強になります」

牛河原は胸ポケットからタバコを取り出した。編集部の部屋は禁煙だが、牛河原だけは特例として認められていた。

「でも、今回の牛河原部長のやり方はかなり変わっていましたね」

「俺のメソッドは三十種類以上あるんだ。客に応じて使い分ける。金額も客の懐《ふところ》具合を推察しながらはじき出す」

牛河原はタバコに火をつけて美味《うま》そうに吸った。

「プロフィールの自己紹介を見た時、プライドが異常に高い女だというのがわかった。原稿をぱらぱらっと斜め読みしても、それがわかった。加えて、何か怨念《おんねん》のようなものを抱えている感じだった。そういう女は猜疑心《さいぎしん》も強い。普通のやり方では上手くいかない場合が多いんだ」

「それで、自分から食いつくように持っていったんですね」

「理屈では易しそうに見えるが、簡単じゃないぞ。熟練の技が必要とされる」

牛河原はタバコの煙を綺麗《きれい》な輪にして天井に向かって吐き出した。

「それにしても、なぜ明日電話すると言ったんですか。今晩中に販売部がＯＫを出したって言ってあげれば、向こうも決心がつくと思うんですが」

「逃げられるかもしれない客相手だったら、そうするよ。うちに来てもらう日取りまで決めちまう。しかし大垣萌子はまず大丈夫だ。絶対に逃げない。なら、一晩置くのがいいんだ。今夜、夫が帰ってきた時、さっきのことを話すだろう。その時、彼女は夫にどんなふうに話すと思う?」

「さあ、夫を説得するんですかね」

「その通り!」牛河原は指を一本立てた。「彼女は夫を説得するために、お金を出す行為の正当性を自分で構築する。夫が反対意見を言おうものなら、それに対する反論も必死でやる。こうして彼女の頭の中で、今回二百万円を出して出版するということは素晴らしいことだというのが、完全に固まるわけだ。俺たちも喜ぶ、客も喜ぶ、最高の商売だろう」

荒木はすっかり感心したように頷いた。

「でも、彼女の教育方法はなかなかいいですね。子供が上手にできると笑って、できないと悲しい顔をするというやつ」

「あれはダメだ」牛河原がにべもなく言った。「たしかに一時的には有効かもしれない。しかし、そういう子育てをされた子は、親の顔色を見なければ何も行動できない子になる」

「そうだったんですか」荒木が驚いた顔をした。「じゃあ、本が出て、その過《あやま》ちを誰かに指摘してもらえたら、彼女にとっても子供にとってもいいことですね」

「そうなればな――。ただ、今回の出版によって、確実に彼女を救うことが一つある。それは本を出すことで、心の重荷を取り除くことだ」

「どういうことですか」

「大垣萌子はどす黒い怨念を溜め込んで生きている。その怨念はどこかで放出してやらないと心が腐ってしまうんだ」

牛河原の言葉に、荒木は、うーん、と唸《うな》った。

「でも、それって書くことでかなり放出されたんじゃないですか」

「いや、それだけじゃダメだ。それを外に向かって吐き出してこそ、心が軽くなる。ワープロに向かってキーボードで打ち込んでいるだけじゃダメなんだ」

牛河原が諭《さと》すように言った。「今回、本を出すことで、大垣萌子の心に長い間巣くっていた暗い怨念が晴れるんだよ」

「何とも深いですね」

「丸栄社に原稿を送ってくる奴の半数近くが、心に嫌なものを抱えている。まあ、そういうものがないと、本なんて書けないものかもしれないがな。中には本当に頭のおかしな奴もいる。母親との二十年にわたる近親相姦の記録を書いてくる奴とか、相対性理論の間違いを指摘した論文を書いてくる奴とか、宇宙の波動から編み出したパチスロの必勝法を書いてくる奴とかだ。そう言えば、前に一度すごいのを見たことがある。ワープロ用紙何十枚にわたって、『冷蔵庫丸庫』という言葉だけを何万も書いた原稿を送ってきた奴がいた」

「どういう意味ですか」

「知るかよ」

「そういうのも本にするんですか」

「金さえ払ってくれれば何でも本にする、と言いたいところだが、さすがに『冷蔵庫丸庫』はな。しかし日本語にさえなっていたら、たいていのものは出してやる」

荒木はおかしそうに笑った。

「まあ、今言ったのは極端なケースだが、心に闇を抱えた人間は本を出すことで、憑《つ》きものが落ちたみたいになることが少なくない。大垣萌子も少しは楽になるだろう」

「なるほどね」

「だから、この商売は一種のカウンセリングの役目も果たしてるんだよ」

牛河原はそう言うと美味そうにタバコを吸った。

4　トラブル・バスター

「部長」

荒木計介が少し顔を曇らせて牛河原のそばにやってきた。

「何だ」

「さっき、C応接室の前を通った時、中から怒鳴り声が聞こえたんですが」

鼻くそをほじっていた牛河原は、そのままホワイトボードに目をやった。C応接室には木《き》村美恵《むらみえ》の名前が書かれていた。

「応接室にどれくらいいる？」

「多分、二時間近くはいると思いますが」

木村はたしか今日、客と契約すると言っていた。C応接室の客はその相手だろう。しかし二時間はかかりすぎだし、怒鳴り声が聞こえたとなれば明らかにトラブル発生だろう。木村は入社してまだ間もない。何か客を怒らせることでも言った可能性もある。

牛河原は鼻くそをまるめて机の裏にこすりつけると、C応接室に電話を入れた。すぐに木村が出た。

「何かトラブルか?」

「あ、いえ——はい」

「よし、すぐ行く」

牛河原は電話を切ると、荒木に木村が契約しようとしていた著者のプロフィールを持ってこさせた。阿久沢進《あくざわすすむ》という無職の六十四歳の男性だった。国立大学を卒業し、一部上場企業の商社を定年まで勤めた経歴を持っていた。原稿は丸栄社のノンフィクション賞に応募した「自分史」だった。

牛河原はそれらの資料を素早く頭に叩き込むと、C応接室に向かった。

部屋に入ると、木村の前にテーブルを挟んで、スーツを着た初老の痩《や》せた男が座っていた。

男は明らかに不機嫌そうな顔をしていた。

「初めまして。編集部長の牛河原と申します」

男はむすっとしたままで軽く頷《うなず》いた。木村美恵が「阿久沢さんです」と紹介した。

「阿久沢様、木村が何か失礼なことでも申し上げましたでしょうか」

「あのねえ」と阿久沢はぞんざいな調子で言った。「お宅のジョイント・プレスか何か知らないけどね、見積もりが高すぎるんだよ」

牛河原はテーブルの上の出版契約書を見た。そこには二百十二万円という金額が書かれていた。

「当社の金額にご不満でも」

阿久沢は当然だと言わんばかりに大きく頷いた。

「この金額は当社が最大限に努力した金額です」

「嘘つけ！」阿久沢は怒鳴った。「僕はこの前、知り合いの印刷所の社長に聞いたんだ」

「と、おっしゃいますと」

「僕が出すことになっている並製の二百ページの本なら、原価は三十万もあればできるということじゃないか」

なるほどそういうことか、と牛河原は思った。契約直前に、どこからかそんな話を聞いてきたのだな。

「阿久沢様は様々な情報ネットワークをお持ちの方のようですね」

牛河原は感心したように言った。まずは一旦《いったん》、客の怒りの間を外すことだ。

「今はリタイアされておられるということですが、元はビジネスマンとお見受けしました」

「これでも一応は丸の内で働いていた」

阿久沢はそう言ってかつて勤めていた会社名を言った。牛河原は、やっぱりという感じで大きく頷いた。

「お話を伺っておりまして、ビジネスの最前線でやってこられた雰囲気をお持ちの方だと思いました」

阿久沢は鷹揚《おうよう》に頷いたが、満更《まんざら》でもなさそうだった。

「ところで」と牛河原は言った。「阿久沢様がお話をお聞きになられたという印刷所は、実際に本を作られている会社ですか」

「社長は自費出版の本を何冊も作ったと言ってたよ」

「阿久沢様のおっしゃりたいことはよくわかりました。つまり当社の本の製本の見積もりが高すぎるということですね」

「さっきからそう言ってるじゃないか」

「阿久沢様のように印刷に詳しい方だと逆にお話がしやすいです。阿久沢様がお話しされた印刷所は自費出版の本を多く作ってこられた会社だということですが、うちは自費出版ではありません」

「著者がお金を出すんだから、自費出版みたいなもんだろう」

「違います」

牛河原は強い口調で言うと、胸を張った。ソファーに座ったままでも、百八十センチ、九十キロの巨体が背筋を伸ばすと威圧感があった。阿久沢は少し怯《ひる》んだようだった。

「丸栄社を自費出版の会社だと思われては、愉快ではありません」

「そうは言っても、自費出版に毛の生えたようなもんだろう。印刷所の社長がそう言っていた。何も知らない素人を騙して暴利をむさぼっていると」

阿久沢は非難する口調で言ったが、さっきまでの高圧的な態度ではなかった。

牛河原は少し間を置いて、ゆっくりと言った。

「うちの会社の出版システムの説明をする前に、阿久沢様がどのような形で本を出したいのかをまずお尋ねさせていただいてよろしいでしょうか」

「何だって？」

「阿久沢様は身内の方や友人に配られるためだけの、いわば私家版という形で本をお作りになりたいのか、それとも世間の多くの方に手に取っていただく一般の書籍としてお作りになりたいのか、どちらでいらっしゃるのかということです」

「そりゃあ、多くの人に読んでもらいたい」

牛河原は頷くと、立ち上がって部屋の端に置かれてある本棚まで歩き、そこから数冊の本を取り出した。そして、ソファーに戻って、本をテーブルの上に並べた。

「これは弊社から出した本です」牛河原は裏表紙のところを指差した。「このバーコードの下の数字は何かわかりますか」

「商品管理のコードか何かじゃないのか」

「違います」

牛河原は教師が生徒を詰問《きつもん》するように阿久沢の目を見つめた。阿久沢は一瞬戸惑ったような表情を浮かべた。

「これはＩＳＢＮコードと呼ばれるものです。インターナショナル・スタンダード・ブック・ナンバーの略で、世界共通の書籍特定番号です」

阿久沢は初めて聞く言葉だったらしく、曖昧な顔で頷いた。

「これは自費出版の本にはつきません。このＩＳＢＮコードがついた本は世界のどこでも通用する、いわば世界に認められた本なのです。このコードがついた本でなければ、全国の書店には流通しません。もちろんアマゾンで取り扱ってもらうこともありません」

阿久沢は黙ってコードを見つめていた。

「さらにＩＳＢＮコードがつけられた本は世界に登録された本ですから、すべて国会図書館に納められます。つまり国会図書館が存在する限り、百年後にも二百年後にも残るということなのです」

阿久沢は驚いたような表情をした。

「丸栄社の本を、失礼ながら町の印刷所が作る自費出版と同じと見てもらっては心外です」

阿久沢は黙って頷いた。

「それに自費出版には編集も校正もつきません。編集とは著者の文章をより良い形にするためにプロの編集者が目を通して、磨き上げる作業です。これは阿久沢様がアマチュアであるからというわけではありません。プロの作家にも編集者がついて、毎回原稿を大幅に直すということは普通に行われていることです。有名作家の吉村昭《よしむらあきら》氏は『作家は編集者という滝に打たれなければならない』という名言を残しておられます」

阿久沢は黙って聞いていた。

「そうして出来上がった原稿を、今度はプロの校正者がチェックします。誤字脱字や文章の整合性を見ます。たとえば登場人物の名前が統一されているか、ノンフィクションの場合だと、書かれている出来事の日付や人物などすべて調べます。自費出版の場合、こうした作業はありません。印刷所は著者が持ってきた原稿をそのまま印刷して製本するだけです。弊社といたしましても、阿久沢様の原稿をそのまま出すだけならば、もちろんお安くできます」

阿久沢はこくんと小さく頷いた。

「さらに、これはおそらく木村も申し上げたことと思いますが、阿久沢様の本が完成した時には、これを全国の書店に配本します。これは『取次《とりつぎ》』という本の流通を専門に扱う会社と契約を結んでいないとできません。個人が自費出版で出した本を取次会社で扱ってもらうことは不可能です。こうした流通の契約、さらに在庫の保管と管理も丸栄社はすべてやっております。そして新聞に新刊広告も打ちます。当社の出版費用には、こうした諸費用がすべて含まれております」

阿久沢はテーブルの契約書を見つめていた。

「うちの木村が阿久沢様の原稿を拝読して、大いに感動し、是非これを出したいと申し出てきました。ノンフィクション賞の大賞を逃した本の場合、通常ならば出版は難しいのです。ですが、私は木村がそこまで出したいと言うなら何とかしてみたいと考えたわけです。それで出版諸費用が五百二十万円かかるところを、弊社が三百八万円負担しようということになったのです」

阿久沢は牛河原の話を黙って聞いていた。

「私は、出版事業は金のためではないと思っています。時として利益は見込めなくとも、世に出すべき本がある、と。私ども丸栄社はそういう信念を持って二十年以上やってきました。ですから、私どもは一番の儲けになる雑誌やコミック、エロ本などには一切手を出しておりません。これは丸栄社の誇りでもあります」

牛河原はそこで、一呼吸置いた。

「私どもは著者に喜んでいただく本作りを一番に考えております。もし金額のことでご納得いただけないとなれば、これは誠に当社の不徳の致すところです。編集部長としてお詫《わ》びいたします」

牛河原はそう言うと、いきなり両手をテーブルについて深く頭を下げた。これには阿久沢が慌てた。

「牛河原さんに謝ってもらうことはありません」

「いいえ、当社が阿久沢様に不信感を抱かせるようなことがあったということは謝罪すべきこと思っております。ただ、これだけはご理解ください。木村は心から阿久沢様の御本を出したいと思っておりました」

「わかります」

「ご理解をいただき、嬉しく思います」と牛河原は言った。「今回は非常に残念な結果になりましたが、またいつか阿久沢様の本を出せる機会を願っております。本日は本当に申し訳ありませんでした」

牛河原はそう言って立ち上がった。

「いや、あの――」

「はい、何でしょう」

「ＩＳＢＮの話などは今回初めて伺った話でして。木村さんは全然されなかったので――」

「書籍コードのお話などは著者の皆様には関係のないお話と思って、木村はしなかったのだろうと思います」

「牛河原さんのお話を聞いていて、丸栄社の本は自費出版とは全然違うのだなとわかりました」

牛河原は頷いた。

「国会図書館にも入るというのも本当ですか」

「はい。夏目《なつめ》漱石《そうせき》や三島由紀夫《みしまゆきお》などとともに、日本の書籍として永久に残ります。これがＩ

SBNコードの入った書籍の権利です」

「いろいろ聞いていると、この見積もりは決して高くないということがわかってきました」

牛河原は立ったまま黙って阿久沢を見つめた。ソファーに座っている阿久沢は、上から見つめられて恐縮したように身をすくませた。

「実は、これで契約させていただこうかなと考えているところです」

と阿久沢は言った。

「阿久沢様」と牛河原は穏やかな口調で言った。「契約していただくのは弊社としても嬉しいことです。しかしながら弊社は常に著者の皆様に百パーセント満足していただく形での契約をモットーとしています。残念ながらこれまでにも契約当日に不満を述べられる著者の方は若干いらっしゃいました。しかしそれらの方には、すべて弊社の方から契約をお断りさせていただきました」

阿久沢の表情が硬くなった。

「弊社は著者の方とは末長くお付き合いさせていただきたく思っております。ですから、契約に関しては、今一度よくご検討ください」

「いや」と阿久沢は言った。「今、心を決めました。契約します」

牛河原は腕を組むと、「わかりました」と言った。そしていきなり、テーブルの上に置かれていた契約書を摑《つか》むと、縦に引き裂いた。阿久沢と木村が小さな声で、あっ、と言った。

「今すぐ、新しい契約書を作りましょう。金額は二百十二万円ではなく、二百万円にいたします。十二万円は弊社が阿久沢様を不安にさせたお詫びの気持ちとお考えください」

「いや、そんな――」

阿久沢が何か言いかけたが、牛河原は木村美恵の方を向くと、「新しい契約書を打ち出して、すぐに持ってきてくれ。金額は二百万円だ」と言った。

木村は「はい」と答えると、部屋を出た。

牛河原は阿久沢の方に向き直って、「この金額でご納得いただけますでしょうか」と言った。

「いや、納得も何も――牛河原さん、ありがとうございます」

阿久沢は深々と頭を下げた。

「一緒にいい本を作っていきましょう」

牛河原はにっこりと笑うと、右手を差し出した。そして阿久沢がおずおずと差し出した右手と強く握手した。


「部長、ありがとうございました」

契約を済ませ、阿久沢を送り出した後、木村美恵は礼を言った。

「印刷と製本に関しては、ごく稀《まれ》に相場を調べてくる著者がいるからな。ちゃんと対応を考えておかないといかん」

「はい」

「さっきの客は、昔は一流企業に勤めていたという自負があるから、交渉ごとで損をしたくないと思っている。ビジネス的に負けたくないという気持ちがあるんだ。しかし本を出したいという強い願望はあるんだから、こっちは慌てることはない」

「はい」

「原稿は読んでないが、団塊世代の自分史らしいじゃないか。あの世代でそういうのを書く男というのは自意識過剰で自己顕示欲が非常に強いんだ。自分は本当はすごいんだ。本当の自分をみんなに教えてやりたい、という気持ちがやたらと強い。だから、そのあたりを満足させてやれば、契約などは簡単なものだ」

「今日は本当に勉強になりました」

牛河原は木村と別れた後、トイレに行き、編集部の部屋に戻ろうとした時、階段の隅で若い娘が泣いているのを見つけた。編集部で一番若い飯島《いいじま》杏子《きようこ》だった。

「どうした」

牛河原が声をかけると、飯島は慌てたように涙を拭いて、「何でもありません」と言った。

「何でもないじゃないだろう。便秘で痔《じ》でも切れたのか?」

「やめてください!」

飯島はそう言いながらも、少し笑った。

「仕事のことか」

飯島は頷いた。

「給料以外のことなら、話を聞いてやる」

「給料のことなんかじゃありません」

飯島はかなり思いつめた顔をしていた。

牛河原は頭の中で飯島杏子のプロフィールを繰《く》った。途中入社の転職組で、二ヵ月前に編集部に配属されたばかりだ。これまでこれといった実績はあげていない。たしか年齢は二十五か六だ。融通は利《き》かないタイプだが、仕事には真面目に一所懸命取り組む。ただ、牛河原の目には少々気持ちが入りすぎる面があるように見えていた。

「茶でも飲みに行くか」

牛河原はいつも使っている会社の向かいにある喫茶店は避けて、少し離れた店に飯島を連れていった。この店は今時にしては珍しくタバコが吸えるので、牛河原がたまに利用してるところだった。幸い、会社の者は誰もいなかった。

牛河原は店の端のテーブルに座った。

「仕事で何か辛《つら》いことがあったのか」

飯島は少し俯《うつむ》いたまま黙っていた。牛河原は答えを急《せ》かさず、運ばれてきたコーヒーにミルクと砂糖をたっぷり入れてかき混ぜた。

飯島は顔を上げて「部長」と言った。

「私、この仕事に向いていません、だって——」

飯島はここで一旦言葉を切ったが、思い切ったように言った。

「この仕事って人の夢を食いものにしている気がするんです」

牛河原はそれには答えず、話の続きを促した。

「この前、私、難病でお子さんを亡くしたお母さんの本を出したんです」

「ああ、『純君、天国で待っていてね』だね。たしか先週に発売されたな。それがどうしたんだ。何かトラブルでもあったのか。著者に文句でも言われたのか」

飯島は首を横に振った。

「その反対です。さっき、お母さんから電話があって、素敵な本を出してくださって本当にありがとうございましたってお礼を言われて——」

「結構なことじゃないか」

「お母さん、電話口で泣かれて——。私、お母さんの泣き声を聞いていたら、たまらなくなってしまって。私はこんな優しいお母さんを騙《だま》して本を出させたんだという気がして」

飯島はハンカチを取り出して涙を拭《ぬぐ》った。

「良心の呵責《かしゃく》を感じたのか」

飯島は黙って頷いた。

「君はとんでもない勘違いをしている！」

牛河原は強い口調で言った。飯島は驚いて顔を上げた。

「お母さんから感謝の電話があった時、君は自分の仕事に誇りと喜びを持つべきだったんだ」

飯島は驚いて顔を上げた。

牛河原は胸ポケットからタバコを取り出した。

「あの著者は幼い子供を病気で亡くした。大事な子供を亡くした悲しみは、想像もできないほど深い。しかし、皆、耐えて生きていかないといけない。それが人生だ」

牛河原はタバコを口にくわえて火をつけた。

「あの著者は子供の思い出を綴《つづ》ることで悲しみを克服しようとしたんだ。そして子供のことを多くの人に知ってもらいたいと望んだ。親しい人々の記憶から消えてしまわないように、子供が短い時間ながらも、たしかにこの世にいたという証《あかし》を本にして残したいと願ったんだ。違うか」

「そうです」

飯島は涙に濡れた顔で頷きながら言った。

「彼女の願いは叶《かな》った。子供の在りし日々を綴ったあの本は、母親にとって最高の思い出になり、同時に子供への最高の供養《くよう》になった。君はお母さんにとって、素晴らしいことをしてあげたんだよ」

飯島は涙を拭くのも忘れて牛河原の言葉をじっと聞いていた。

「出版するのにいくら払ったとか、書店でどれくらい売れるかなんて、あの素晴らしい本を作ったことの前では、どうだっていいことじゃないのか。彼女はあの本で儲《もう》けようと思ったのか？　あの本で文化人にでもなろうと思ったのか？　そうじゃないだろう」

飯島は黙って頷いた。

「たしかに彼女はあの本を出すにあたって多くのお金を使った。しかし、払ったお金以上の満足と幸福感を味わったはずだ。だからこそ、電話で感極《かんきわ》まって泣き出したんだろう。これは編集者にとっては、喜ぶべきことじゃないのか」

飯島の顔がぱっと明るくなった。

「じゃあ、私は――自分の仕事を恥ずかしいと思わなくてもいいんですね」

「もちろんじゃないか。俺は君のような素晴らしい部下を持って誇りに思う」

飯島は涙を拭くと、恥ずかしそうに笑った。

「ありがとうございます。これからも仕事を頑張っていきます」

牛河原はタバコの煙を吐きながら満足そうに頷いた。

牛河原が飯島とともに会社の編集部に戻ると、宮本洋子《みやもとようこ》が電話口で何度も謝っていた。

「どうしたんだ」

牛河原が小さな声で訊くと、宮本は大丈夫です、と目で言った。

牛河原は自分の机に戻って鼻くそをほじり始めたが、見ると、宮本は相変わらず何やら謝っている。どうやら客からクレームを受けているようだった。

やれやれ、と牛河原は思った。クレーム対応の基本的なマニュアルがあるのに、宮本は舞い上がっているんだろう。

牛河原は立ち上がって宮本の近くまで行くと、彼女に、電話を寄こすように手で合図した。

宮本は受話器に向かって、「今、上の者に代わります」と言って、受話器を机越しに牛河原に渡した。

「私《わたくし》、宮本の上司で、編集部長の牛河原と申します」

「あのねえ、お宅、契約違反して平気なんか」

「恐れ入ります。どのような契約違反があったのかご説明いただけますか」

「さっき言うたよ」

「すいません。私は今、デスクに戻ってきたばかりで、事情が呑《の》み込めていなくて――」

牛河原はそう言いながら、宮本から渡された客のプロフィールに目を通した。名前は後藤《ごとう》、大阪に住む四十五歳の中学教諭とある。三週間前に丸栄社から『優しい心・優しい言葉』という詩集を出している。

「同じことを何度も言えるか、ボケ！　さっきの女に訊《き》けや」

「わかりました。では少しお待ちいただけますか」

牛河原は保留ボタンを押すと、宮本にクレームは何だと訊いた。

「自分の本が書店に並んでいないと言うんです」

牛河原は素早く頭の中で、大阪府内に配本されている丸栄社の書店リストを思い浮かべた。たしか二十五店舗ある。

丸栄社は全国百十七店舗の書店と契約していて、そこには丸栄社で出版している書籍が一冊ずつ置かれることになっている。この契約は特殊なもので、書店は三十日間、その本を置くが、売れなかった場合、その本はすべて丸栄社が買い取るということになっていた。つまり書店は必ず売れる本を仕入れているということになるわけだ。現在、書籍の返本率は四十パーセントを超えているので、丸栄社の本は書店にとっても「おいしい本」になる。

「もしもし、お待たせしました」牛河原は言った。「事情はおおむね承知いたしました」

「どないしてくれるんや」

「先程、後藤様の本を調べてみますと、全国約四百店舗に配本されていることがわかりました」

もちろんこれは嘘だ。

「本当かよ！」

「はい」牛河原は平然と答えた。「当社が契約している取次会社は全国数千以上の書店と取引しておりますが、我が社は取次に優先的に配本してほしいという五百の店舗のリストを渡しております。在庫を確認しますと、現在は約四百店舗に配本されているようです」

「俺がいくつか見て回った書店には一冊もあれへんかったぞ」

「大阪のお店を回られたんですか」

「ああ」

牛河原は舌打ちした。顧客の住んでいる地域には多くの書店に配本するというのが丸栄社の方針だったが、何らかの手違いがあったのだろう。

「もしかしたら、売れ行きが芳しくなくて、書店が取次に戻した可能性も考えられます」

「発売して三週間で返本なんてあるのか」

「残念な話ですが、昨今の出版状況、書店事情では珍しいことではありません」

これは本当のことだ。

「我々は書店に対して、できるだけ長く置いてほしいとお願いをしていますが、書店も商売ですから、そのあたりは年々シビアになってきているようです」

「そやけど三週間は早すぎるんとちゃうんか」

「後藤様は学校の先生ということですから、おそらくある程度の出版事情はご存じかと思いますが、ここ数年、一年間に出版される全書籍の点数は約八万点にも上ります。これは出版科学研究所のデータにも載っている数字です」

後藤は、ああ、と曖昧《あいまい》に返事した。牛河原が挙げたこの数字は本当のものだ。

「これは二十年前の約二倍です。本が売れなくなって、各出版社は点数を増やすことで、売り上げ増を狙った結果です」

「それがどないしたんや。俺の本と関係があるんか」

「七万点の本というのは一日に直すと、約二百冊になります。つまり平均すると一日当たり二百冊の新刊が出版されているということになります」

「……」

「これでおわかりのように、出版されたすべての本が書店に並ぶということはあり得ません。そんなことになれば、書店員は毎日、棚の入れ替えだけで一日が忙殺されてしまうでしょう」

「ほな、どないしてるんや」

「取次が最初から配本しないケースがあります。取次会社というのは出版社から本を預かってそれを書店に届け、それが売れるとマージンを取る会社です。本は基本的に委託販売の商品ですから、せっかく取次会社が人件費や燃料費を使って全国の書店に配本しても、最終的に書店が返本すると、利益が出ません。平均返本率が四十パーセントにも達している昨今、取次が売れにくいと判断した本は、最初から配本を拒否されるというケースがあるのです」

このあたりの事情も実際のことだ。

「俺の本も配本されなかったんか」

「いいえ、うちは取次とは密接な関係を築いておりまして、現に今調べてみますと、後藤様の本は確実に配本されているというデータがありました」

受話器の向こうで後藤がほっとしたようなため息を漏らした。

「ただ、書店の方で返本されても、そのデータが出てくるにはかなりのタイムラグがありまして、あるいは店のバックヤードに眠っているということもあります。書店の棚も無限大ではございません」

「うん」

「後藤様もお気づきかもしれませんが、名前のある作家の新刊でも、売れないとなれば、あっという間に平台から消えます。早いものですと一週間、普通で二週間。一ヵ月以上平台に置かれている本はよほどの有名作家か話題本です」

「ああ、そう言えばそうやな」

「しかしながら、後藤様の本が書店にないということはうちにとっても大問題です。よくお知らせくださいました。あの詩集は、一人でも多くの人に手に取ってもらいたいと編集部一同で願っている本です。早速、取次と書店に連絡して、きっちりと本を置かせるようにします」

「ほうか」

「先程も申し上げましたように、とにかく取次も書店も、出版される本が多すぎて、すべてに手が回らないのが実情です。しかしそれは言い訳になりません。どの本もすべて著者が魂を込めて書かれた本です。おろそかに扱っていいはずはございません」

「そう言うてくれたら、こっちも嬉しいわ」

「いいえ、礼を申し上げるのはこちらの方です。後藤様の貴重なご指摘で、あらためて取次と書店との連携を深めていく大事さがわかりました。我々編集部はとにかくいい本を作りたいということに夢中になりすぎて、販売の重要性を忘れがちですが、後藤様のお電話で身が引き締まりました」

後藤は「いやいや」と言ったが、その声には先程までの怒りの響きは消えていた。

「早速、全国の書店に直接連絡して、後藤様の本が入っているかを確認し、もし在庫がなければすぐに入れます。また、在庫が確認された書店のリストを至急お送りいたします」

「いろいろと気ぃ使わせて悪いなあ」

「とんでもないことでございます。我が社としてもあの素晴らしい詩集を一人でも多くの人に届けたいというのは同じですから」

「えらいおおきに」

「これに懲《こ》りず、今後とも弊社をよろしくお願いいたします」

牛河原は電話を切ると、宮本に「とりあえず大阪の契約書店に二冊ずつ配本しておけ」と命じた。

「客も書店で自分の本を見たら、納得するだろう」

「はい」

「その分は後でうちが買い取ることになるが、それで客の気が済むなら安いもんだ」

牛河原がそう言ってデスクに戻りかけた時、向かいの席にいた荒木が電話で困っている様子なのが目に入った。荒木はしきりに「ですから、何度も申し上げているように、難しいです」と繰り返していた。

牛河原は荒木の肩を叩いて、口ぱくで「何だ？」と訊いた。荒木は電話の相手に「ちょっとお待ちください」と言って、送話口を手でふさいだ。

「丸栄社文藝大賞を受賞させてもらえないのかって、しつこいんですよ」

「俺に代われ」

牛河原は荒木から受話器を受け取った。

「お電話を代わりました、編集部長の牛河原と申します」

牛河原は挨拶しながら、荒木の机の上に置かれている著者のプロフィールに素早く目をやった。板垣倫子《いたがきみちこ》という四十五歳の専業主婦で、下読みのアルバイトのメモによると、小説の内容は主婦の不倫の話らしい。

「さっき若い人が言ってたんですけど、私の作品、編集部内での評価が一番高かったそうじゃないですか」

「そうです」

「じゃあ、なぜ大賞にならなかったのですか」

「選考委員による選考で、惜しくも受賞に至らなかったのです」牛河原は言いながら書類を目で追い、作品タイトルを確認した。「我々、編集部内では、板垣様の『パーフェクト・フリー』が取るだろうと思っていただけに意外な結果でした」

「それって、何とかならないんですか」

「難しいです。ですが、板垣さんの作品は審査員特別賞となっています」

「大賞はどんな作品なんですか」

「今、ここで申し上げるわけにはいきません。来月、弊社のホームページで発表されます」

「その作品、私のよりもいい作品なんですか」

「選考委員の先生方はそう見たようです」

「あなたはどうなんですか」

「ですから、先程申し上げたように、私どもが一番に推したのは、板垣さんの『パーフェクト・フリー』です」

「そうでしょう」と板垣は言った。「何とか大賞を受賞することはできないんですか？」

牛河原は苦笑した。大賞に選ばれるのが当然と思っている。ごく稀にこういうのに当たるが、この手のタイプの客に金を払わせるのはなかなか大変なのだ。

「それなら、あなたの力で何とかなりませんか。選考委員にもう一度働きかけるわけにはいかないのでしょうか。だって、編集部は一番って思ったんでしょう」

「それはそうなのですが、選考委員の先生方の決定に口を挟むわけにはいかないのです」

「じゃあ、ダブル受賞ということにできないんですか」

「うーん――」

牛河原は唸《うな》りながら、板垣倫子の書類の上に大きく「×」印を書いた。こんな傲慢《ごうまん》な客に余計な時間をかけるよりも、次の客を狙った方がずっと効率がいい。

「どうなんですか？」

「ですから、先程から申し上げているように、それは難しいです」

牛河原はそう言いながら、荒木と同じ言葉を言ってしまったことに気がついた。隣にいた荒木が笑いを噛《か》み殺すのを見た時、このまま電話を切るのが癪《しゃく》にさわった。

「板垣さん――」牛河原は低い声でゆっくりと言った。「賞に関してはすでに決定事項です」

その強い口調は有無を言わせぬものがあった。板垣も一瞬黙った。

「しかしながら、出版の道は残されています」

「そうなんですか」

「審査員特別賞として出版の可能性があります。ただ、それには条件があります。板垣さんが出版費用の一部をお持ちくださることです」

牛河原は敢えて高飛車に言った。

「どうして、私がお金を出さないといけないんですか」

「これはあなたの本です！」

牛河原は強い口調で言った。

「出版費用の半分は弊社が負担します。これは特例と申し上げてもいいでしょう。売れなければ、弊社は大変な損を被《こうむ》ります」

「………」

「正直に申し上げましょう。今回の新人賞の大賞に選ばれた作品は当社が全額を負担して出版いたします。そして最終選考に残った七編のうち三編の作品については、こちらが出版費用の半分を負担するジョイント・プレスという形で出版のチャンスが与えられることになっているのです。板垣さんもご存じだと思いますが、本を出すということは大変な費用がかかります。ですから、大賞以外の三作に、うちが出版費用の一部を出すというのはよほどのことなのです。この状況はおわかりいただけますね」

「――はい」

「ところが残念ながら、板垣さん以外の著者の方は、出版費用の一部をご用意できませんでした。一人は二十代前半のＯＬ、もう一人は三十代の公務員です。二人とも出版費用を用意できなかったのです」

「出版費用ってどれくらいですの」

「原稿のページ数によっても変わりますが、二百万円前後です。これは安い金額ではありませんし、簡単に出せるものではありません。お二人の著者がお断りになられたのも理解できます。しかし――私は正直、惜しいと思いました。もし本が数万部売れたら、楽に取り戻せる額です。そしてその本を足がかりにして、作家への道も開けるのです。ベストセラー作家への道も夢ではありません。そうしたチャンスをわずか二百万円前後を惜しんだために捨ててしまったのです」

「……」

「でも、これもまた運なのです。その時に二百万円の現金を持っているかどうか、人生というのは、こういうことで大きく分かれるのです」

「手元になくても、ローンも可能なんじゃないですか」

「その決断をするかしないかというのも、その人の運でしょう」

牛河原はここでたたみかけるように言った。

「板垣さんはどうされますか？」

一瞬の間があった。

「今、決めないといけませんか？」

「このジョイント・プレスの枠は三つしかありません。現在は板垣さんに最優先権がありますが――」

あとの言葉は敢えて濁した。板垣は受話器の向こうで少し沈黙した。

「主人と、相談してから決めてよろしいでしょうか」

「それはかまいませんが――。もしかしたらご主人は反対されるかもしれませんね」

「どうしてですか？」

「これは私の経験上のお話ですが、これまで多くの才能ある奥様がご主人の反対で出版を見送られました。世の夫には妻が才能を発揮して世の中に出ていくのを、実は内心で快く思っていない方が多いのです。もちろんそういうことを表だっては言いません。いろんな理屈や理由を述べて、妻たちのチャンスの芽を潰すのです。それに――世の男たちのほとんどは小説なんか理解できませんから。あっ、失礼。板垣さんのご主人がどんな方かも存じあげないで、勝手なことを申し上げました。今言ったことはあくまでも、これまで私が見てきたケースでの話です」

「はい」

「板垣さんのご主人が板垣さんの才能を理解して、あなたのチャンスに手を差し伸べてくれることを祈っています」

「ありがとうございます」

「それでは、ご連絡をお待ちしています」

「あの――いつまでにご連絡を差し上げたらいいですか」

「本来なら、今日中と言いたいところですが、私は板垣さんの作品に惚れ込んでいます。三日待ちましょう。それまで他の著者の方には連絡いたしません」

「ありがとうございます。できるだけ、早く連絡いたします」

「お待ちしています」

牛河原が電話を切ると、荒木がぺこりと頭を下げた。

「それにしても、部長は本当にすごいですね」荒木は言いながら何度もため息をついた。

「まるで神業です」

「まあ、これも経験だ。客のタイプによって、テクニックを使い分けるということだよ」

「彼女、三日以内に電話してきますかね」

「そんなにかからんよ。おそらく今日中。早ければ、二時間以内」

「そんなに！」

「今頃、旦那の職場に電話をしてるさ。金を出さないと離婚だくらいは言い出しかねないタイプだ。旦那の歳と職業を訊くのを忘れたが、四十五歳で専業主婦をしているくらいだから、旦那はそこその会社に勤めているんだろう。なら、二百万くらいは出すんじゃないか」

　牛河原はそう言うと、板垣の書類に書いた「×」印を消し、その上に乱暴に丸印を書き、引き出しの中に入れた。


「今日はありがとうございました」

　いつもの居酒屋で荒木が牛河原に礼を言った。

「たいしたことじゃないよ」

　牛河原は手羽先をかじりながら言った。一日の仕事を終えて手羽先を食べながらビールを飲むのは牛河原の楽しみの一つだった。

「私もですが、木村と宮本のトラブルの処理はさすが部長という感じですよ。木村は、牛河原部長はすごい！　と言ってましたよ」

「まあ、伊達《だて》に経験は積んでないわな」

　牛河原はそう言って生ビールを喉に流し込んだ。

「木村の著者の契約金を十二万円値引きしたんですね」

「十二万円ぽっちの金額で客が気持ちよく契約してくれるなら安いものだ。あの客は今後は印刷所の社長の言うことなどには耳を貸さないだろう」

「今頃は牛河原部長に感謝の気持ちで一杯でしょうね」

「それどころか、丸栄社は本当に著者のことを考えている出版社だと方々で宣伝してくれる可能性もある」

「なるほど。そう考えれば、安いものですね。十二万円を値引きしたところで、二百万円いただけるんですもんね。もともとうちは百万円もいただければ、利益が出るんですからね」

「まあな。編集などといったところで、フリーの編集者を使って適当にやってるだけだし、校正も同じ人間を使っているから、余分な経費はかからない」

牛河原はそう言って美味《うま》そうにビールを飲んだ。それから一つ大きなゲップをした。

「本なんか本当は町の印刷所で自費出版で出せばいいんだよ。そうすれば今日の阿久沢という客が言っていたように三十万円もあればできる。ページ数が少なくて、少部数のものなら二十万もあれば十分だ」

「そんなのちょっと調べたら簡単にわかることなんですが、なぜ、うちの客は百万も二百万も払って、本を出すんでしょうか」

「自費出版じゃステイタスが上がらないんだ。金を使って自己満足で本を作ったと、周囲に受け取られる。それでは本を出す意味がないんだ。ところが丸栄社で出せば、これは自費出版ではない。ＩＳＢＮコードもつくしな。一般書籍と同じ本ということになる。東野圭吾《ひがしのけいご》や宮部《みやべ》みゆきと同じように、全国の書店に並ぶということが客の自尊心を大いにくすぐるんだ。そこがキモだ」

「実際は自分で金を出して作ってるんですけどね。それにＩＳＢＮコードなんか個人でも取れるのに」

「世間の人はそんなことは知らんさ。それに出版にかかる費用の半分は丸栄社が出していると信じている。客の頭の中では、自分の本はちゃんとした出版社が出した一般書籍なんだ」

「そう思い込んでくれているんですね」

「そう思い込ませるように持っていくのが、俺たちの仕事の大事なところだ」

牛河原はタバコを取り出すと火をつけた。

「国会図書館に納められるというのも、効きますね」

「ああ、これは本当のことだしな。自分の本が永久に国会図書館に残るというのは、著者にとっては、俺たちが想像する以上に嬉しいことなんだ。実際には、永久に誰にも読まれないんだから何の意味もないんだが、自分の本が貴重な文化遺産か何かになったと勘違いするんだろう。まあ後の研究者が見たら、これも一種の二十一世紀の風俗資料になるのかもしれんが」

牛河原はそう言うと、店員を呼んで、生ビールのお代わりと手羽先の追加を頼んだ。

店員が去った後、荒木がぽつりと、「自分の本を出すということはそれほど嬉しいことなんでしょうか」と言った。

「ある種のタイプの人間にとって、本を出すということは、とてつもない魅力的なことなんだよ。自尊心と優越感を満たすのに、これほどのものはない。特に日本は本の持つ価値が高い。読書が趣味というだけで一目《いちもく》置かれる国だからな。その本を出す著者となれば、さらに一目置かれる存在になる」

「すると、本を出してありがたがるのは日本人だけですかね」

「いや、日本人は特にありがたがるが、実はどこの国にも似たようなものがある。アメリカではこういうのを『バニティ・プレス』と呼ぶんだ」

「虚栄出版――ですか。そのものズバリですね」

その時、生ビールのジョッキが運ばれてきた。牛河原はそれを美味そうに飲んだ。そして口の周りに泡をつけたまま言った。

「知ってるか。自費出版というのは、昔は印刷所の副収入の一つだったんだ」

「そうなんですか」

「ああ、印刷所が中小企業の社長とか土地の名士を訪ねて、自伝を作りませんか、とやるわけだ。すると社長は、本なんか書けないと断るが、こちらでライターを用意します、社長は取材に答えてくれるだけで、あとは全部こちらで本にします、と言うんだ。で、それなら頼もうかと答えた社長の本を作って売るんだ。昔からどこの地方の印刷所もやってきたことだ」

「あ、もしかして、うちの会社も?」

牛河原はにやっと笑った。

「そうだ。丸栄社も二十年前は大阪の印刷所だったんだ。会社の沿革に大阪で丸栄印刷としてスタートしたと書いてあるだろう」

荒木は大きく頷いた。

「十年ほど前に今の社長が、一般の人相手にも同じ商売が可能じゃないかと考えて、このビジネスに乗り出したんだよ。で、大当たりした。うちの社長は天才だよ。たったの十年で池袋に自社ビルを持つまでになった」

「すごいですよね」

「今は出版不況だ。せっかく頑張って作った本が売れずに、大手出版社は本を出すたびに赤字を増やしている。でも、うちは本を作るたびに黒字だ。本なんか売れなくてもどんどん儲かるんだ」

「コペルニクス的転回ですね」

牛河原は手羽先の骨についたわずかばかりの身を歯で削り取りながら頷いた。手羽先の肉を全部食べるのは彼のモットーだった。

「大手なら二、三十冊に一冊はヒットを飛ばさないと苦しいが、うちは三千冊に一冊ヒットが出れば、まさしく大儲《おおもう》けだ。」

「打率三毛《もう》ですね」荒木は笑った。

「実際、三年に一度、『ロシテレ』みたいなまぐれ当たりが出る。去年も、ジョイント・プレスで出版した『血液型ダイエット』みたいなクソ本がヒットした。A型からAB型までよく売れたよ」

「僕らが営業する際に、そのヒット作がすごい武器になりますからね。『血液型ダイエット』にはだいぶお世話になりました。客にとって、成功例があるのは大きいですよね」

「それにうちの場合は普通の自費出版と違って、出版した本は全部うちのものになる」

「普通の自費出版は違うのですか」

「印刷所がやっている自費出版は、基本的に著者からの受注で作るもんだから、刷った本は全部著者のものだ。だから著者はそれを友人に売ろうが配ろうが自由だ。しかしうちの本は丸栄社のものだから、著者は友人に配ろうと思えば、うちから買い取らないといけない。もちろん、著者特典ということで、八掛けくらいで売ってやるがね」

「八掛けでもうちはボロ儲けですね。著者は自分の金を使って作った本を、自分で買うわけですか」

「阿漕《あこぎ》な商売だよ。しかしこれを考えた社長はすごいよ。一般には絶対に売れる本じゃないが、著者だけはちびちびと買ってくれる。これが意外に馬鹿にならない。しかも、本を作った数年後に、また儲かるようにできている」

「それはどうしてですか」

「数年経った時に、著者に『絶版通知』を出すわけだ。いろいろと営業努力を重ねてきましたが、売れ行きが芳しくないために絶版といたします、とな」

「それがなぜ金になるんです？」

「絶版にあたり、在庫はすべて断裁しますと告げるんだ。つまりその本はこの世から消える――」

「ははあ、すると、著者は本を救いたいと考えるわけですね」

「そういうことだ」牛河原は言った。「時には五百冊くらいのまとめ買いもある。この儲けはごついぞ」

「何か、豆を豆殻《まめがら》で煮るという諺《ことわざ》を思い出しましたよ」

「お前、なかなか上手《うま》いことを言うな」

牛河原は大きな声で笑った。

5　小説家の世界

「部長、契約が決まりました」

夕方、荒木が牛河原の席まで来て、ジョイント・プレスの契約書を差し出した。

その本は四十歳の主婦が書いたエッセイをまとめたもので、金額は二百四十万円だった。

「うん、ご苦労」

牛河原は契約書にさっと目を通すと、机の大きな引き出しを開けて、丁寧にしまった。

「今のでちょうど荒木が成立させた三十本目の契約になる」

「え、そうなんですか。数えてなかったので、全然気がつきませんでした」

「入社半年で、三十冊は立派だ」

「ありがとうございます」

「今夜はお祝いに一席設《もう》けたいが、どうだ」

「喜んで」

牛河原は仕事を終えると、荒木をいつもの大衆的な居酒屋ではなく、少しばかり高級な焼肉屋の個室に誘った。

「まずは三十冊記念、おめでとう！」

牛河原と荒木は生ビールのジョッキで乾杯した。

「お前はかなり呑《の》み込みが早い。来年はうちのエースになれる」

「牛河原部長の薫陶《くんとう》の賜物《たまもの》です」

「俺にお世辞なんか言っても、無駄だぞ」

牛河原はそう言うと、皿の肉を網の上に並べた。

肉が焼ける香ばしい匂いが個室に漂った。牛河原はいきなり生焼けの肉を口の中に放り込んだ。

「部長は肉をあまり焼かないんですか」

「肉なんか炙《あぶ》るだけでいいんだ。心配するな、お前の分まで食わない。ちゃんと残しておいてやるから」

荒木は恐縮したが、牛河原は「気にするな」と言って、生ビールを飲んだ。

「ところで、前から気になっていたんですが――」と荒木が言った。「部長は入社何年目なんですか」

「ん？　丸栄社に入ってか」

「はい」

「今年で七年目だ。会社が東京に進出してきた年に入った。お前と同じ途中入社だが、当時は社員が十人しかいなかった」

「へえ、そうなんですね。入る前は何をしていたんですか」

「何をしていたと思う」

牛河原はいたずらっぽい目をして訊《き》いた。

「わかりません」荒木は答えた。「営業マンですか」

牛河原はにやっと笑みを浮かべると、「やっぱり、そう見えるか」と言った。

「見えます。凄腕の営業マンに。たとえば不動産屋とか」

牛河原はおかしそうに笑った。

「部長なら、どんな土地でも売ってしまいそうです。僕なんかだと、一瞬で買わされそうですね」

「褒められているのか貶《けな》されているのかわからないが、残念ながら営業マンじゃない。もちろん不動産屋でもない。俺の前職はまず当たらんよ」

荒木は少し考え、「もしかして、学校の先生か何かじゃないですか。あるいはお坊さんとか」と言った。

「どうしてだ」

「言葉に説得力がありますから」

「ありがたい言葉だが、先生でも坊主でもない。俺は夏波《なつなみ》書房の編集者だったんだ」

荒木は口に入れかけた肉を箸《はし》で挟《はさ》んだまま、牛河原を見つめた。

「どうした。びっくりしたような顔をして」

「そりゃ、びっくりしますよ」荒木が肉を口に放り込んで言った。「夏波書房は一流の文芸出版社じゃないですか。うちみたいな、その――」

「三流のインチキ出版社とは格が違うってか」

荒木は苦笑いを浮かべた。

「大学を卒業して十六年、ずっと夏波書房の編集畑にいた。エンタメも純文学もやった。編集した作品で文学賞もいくつか取ったこともあるし、編集長を務めたこともある」

「すごいですね」

「それがまたなんで？　というような顔をしているな」牛河原はにやっと笑った。「一言で言うと、売れない小説を出し続けるのが馬鹿馬鹿しくなってきたんだ」

荒木は焼き肉を食べながら頷《うなず》いた。

「老舗《しにせ》の出版社と言っても、実は小説なんか全然売れないんだ。俺が入社した八〇年代後半はそれでもまだ売れていた時代だったが、九〇年代に入るとだんだん売れなくなり、二十一世紀に入った頃から急速に売れなくなった。売れるのはほんの一部の作家だけだ。俺が夏波書房を辞めた頃は、小説の単行本を十冊出して黒字になるのは三冊あればいい方だった。

今なら一冊か二冊じゃないか」

「そうなんですか」

「それが実態だ。夏波書房も実は週刊誌その他でもってるんだ。小説の単行本はもうずっと前から恒常的な赤字部門だよ」

「知りませんでした――」

「お前は何も知らんのだな」

「だって、僕は丸栄社に入る前は歯科技工士だったんですよ」

「本当かよ！」

牛河原は飲みかけた生ビールを吹き出した。

「うちの社長も何でも取るなあ。まあ社長自身もいろんな職業を転々とした人らしいからな。なんでも若い頃は北海道でウニの密漁をしていたこともあったらしい」

「すごいですね」

牛河原は、まったくだと言いながら、残った生ビールを飲み干すと、大きな声で店員を呼んで、生ビールのお代わりを注文した。

「でも、なんで、小説が売れなくなったんでしょうかね」と荒木が訊いた。

「面白くないからじゃないか」

牛河原は即座に答えた。

「そんな身も蓋《ふた》もない――」

「冗談で言ってるんじゃない。本当に小説なんか、面白くも何ともないんだ」

　牛河原の吐き捨てるような言葉に荒木は黙った。

「前にうちで本を出した若いフリーターのバカも言っていたが、今はテレビもＤＶＤもあるし、ＴＶゲームもあるし、ソーシャルゲームとかいうのもある。インターネットには様々なサイトがある。それこそ無数にある。自分の趣味と嗜好《しこう》に合うサイトやページは必ずある」

　荒木は頷いた。

「そんな中で千五百円とか千八百円とか出して読む価値のある小説がどれだけある？　テレビをつけたら、小説よりもずっと面白い番組が二十四時間いつでもやっている。ハリウッドが何百万ドルもかけて作った映画が無料で見られるんだ。イケメン俳優や美人女優が出演するドラマも無料。お笑いタレントのコントや漫才も無料。ネットにはユーチューブだってある。そんな時代に高い金出して、映像も音楽もない『字』しか書いていない本を誰が買う？あのバカのフリーターが言っていた言葉の中で唯一正しかったのは、それだ」

「そんなふうに言われてみれば、たしかにそうですね」

「百年前はテレビも映画もなかった。その頃はおそらく、小説は人々の大きな娯楽の一つだったろう。しかしこの二十一世紀の現代で小説を喜んで読むという人種は希少種だよ。いや絶滅危惧種と言ってもいいな」

荒木は笑った。

「これは何も大袈裟《おおげさ》に言ってるんじゃない。二〇一一年にＮＨＫ出版から出た『日本人の生活時間２０１０』によれば、国民が本を読む時間は一日に平均十三分なんだそうだ」

「たったの十三分ですか！」

「ただしこれは雑誌や漫画もすべて含めた数字だ。本ということに限れば、三分もないんじゃないか。別のデータによると、読書を趣味とする人は十二パーセントいうことだが、それもももちろん雑誌とかも含めての数字だ。本に限れば、俺の感覚では三パーセントくらいじゃないかと思う。それも自己啓発本とかビジネス本とかハウツー本がほとんどだろう」

「そう言えば、僕も小説なんか何年も読んでいません。うちの顧客のやつ以外は」

荒木はそう言って笑った。

「話はずれたが、現代には、映像やゲームに勝てるほどの小説なんて滅多《めった》にないんだ」と牛河原が言った。「これはどんな世界にでも言えることだが、才能とは金のある世界に集まるんだ。現代ではクリエイティブな才能は漫画やテレビ、音楽や映像、ゲームに集まっている。小説の世界に入ってくるのは、一番才能のない奴だ。金が稼げない世界に才能ある奴らが集まってくるはずはないんだ」

「なるほど」

「今や物語文化の主流は映像だ。ベストセラー小説のほとんどが映像化作品だ。カスみたいな小説でも映像化されると売れる」

「でも、部長」と荒木が言った。「なんで小説が年々売れなくなってくるのに、小説家志望が年々増えてくる一方なんでしょう」

牛河原はにやりと笑った。

「俺はインターネットのせいだと睨《にら》んでいる」

「インターネットですか。それはどういうことですか」

「前にインターネットのブログに使われている言語で最も多いのは日本語だという話をしたのを覚えているだろう。あれで日本人は書くことの喜びを覚えたんだ。それと自己を主張する快感を味わったんだ。自分にも自己実現できるものがあるぞ、と。その後、ミクシィ、フェイスブック、ツイッターと、様々な形で自己表現できるツールを手に入れたわけだ」

「なるほど」

「小説が売れないのに反比例して小説家志望が増えてきたんじゃない。小説が売れようが売れまいが関係ない。物書き志望が増えるのは、ブログやSNSの隆盛による必然なんだ。それと、皆がスターになりたがっている。昔は、舞台は観るものだった。しかし今は、皆が舞台に上がりたがって、観客は一人もいないという状況だ」

「じゃあ、丸栄社みたいな会社が出てくるのも必然なんですね」

「そうだな。まあ時代の徒花《あだばな》というか――鬼っ子みたいなもんだな」

牛河原はそう言いながら肉を箸で挟むと、網の上でさっと炙っただけで、口の中に放り込んだ。それから生ビールを飲んで、再び口を開いた。

「俺は夏波書房で長年やってきて、売れない小説家を相手にするのが嫌になったんだ。さっきも言ったが、作家なんて大半がたいして才能もない奴らだ。その証拠に、新人賞を受賞した小説家も、五年も経てばほとんどが消えていく」

「それ、よく聞きますけど、本当なんですか」

「本当だよ」と牛河原は言った。「でも、おかしいと思わないか。新人賞の中には競争率が五百倍とか一千倍とかいうのもあるんだぞ。それを突破するというのは大変なことだ。それなのに、たった数年で消えていくのはざらにいるんだ」

「消えるってどういうことなんですか」

「わかりやすく言えば、本が売れなくて食っていけないから、別の仕事に就く。あるいは、才能が涸《か》れてしまって書けなくなって、別の仕事に就く」

荒木は、はあ、という感じで頷いた。

「でもな、食えなくてあっさり足を洗う野郎はかえってすがすがしい。厄介なのは、才能もないのにこの世界にしがみつく奴だ。編集者はそんなクズみたいな作家を相手に、おだてたりすかしたりして本を作っていかなきゃならないんだ」

「大変ですね」

「大変どころじゃないぜ。売れない作家にちゃんとした大人なんてまずいない。たいていが大人になりきれなかった出来損ないのガキみたいな連中だ。才能もないのに作家でございとプライドと要求だけは高くて、始末に負えない。売れない本ばかり出しやがって、出版社は赤字を出して頭を抱えているのに、奴らはそんなことは気にもせずに、売れないのは出版社が宣伝をしてくれないからだ、営業が力を入れないからだ、などと抜かしやがる」

「何となく想像できます」

「宣伝しろって簡単に言うが、新聞広告を打つのにも銭《ぜに》がいるんだよ。今月の新刊広告としてばーんと大きく載せるのは売れ筋の小説だ。売れると踏んでるから沢山《たくさん》刷っているし、広告スペースも大きく取る。売れない本は端っこの小さなスペースに固めちまう。なのに、俺の本の広告スペースをもっと大きくしろって言ってくる心臓に毛が生えたのがいるから参っちまう。中には広告スペースを定規で測って文句を言ってくる奴もいる」

荒木は吹き出した。

「笑いごとじゃないぞ」

牛河原はそう言いながらも苦笑いした。

「そういう作家にはどう説明するんですか」

「この説明が難しい。うっかり刷り部数に合わせて広告スペースを取っていますなんて言おうものなら、刷り部数を増やせと言ってくる。俺の本も刷り部数さえ増やせば売れるはずなんだ、沢山刷って沢山宣伝すれば売れるはずだってな。まあ、ここまで言ってくるツワモノは少ないが、たいていの売れない作家が心の中ではそう思っているんだ。中には書店を恨んでいる作家もいる。もっと俺の本を棚のいいところに並べろ、と。まあ、普段は抑えているが、たまに酒なんか入ると、そんな本音がぽんぽん飛び出す」

「ご苦労がわかります」

「本当にわかるのかよ」

牛河原が笑いながら言った。

「ぐちゃぐちゃ文句言う前に、売れる本を書きやがれって言いたいよ。売れる本さえ書けば、こっちはいくらでも刷ってやるし、宣伝だっていくらでもしてやる。今、広告でどかんとやってもらえる作家は皆、売れる本を頑張って書いて、そのステージまで上ってきたんだ」

荒木は生ビールを飲みながら聞いている。

「しかしなあ、作家の気持ちもわからないでもないんだ。あいつらは、ほとんど食えないからな」

「そんなに稼ぎが少ないんですか」

「作家のほとんどはサラリーマン以下の年収だぜ」

「本当ですか。嘘でしょう」

「お前、本当に何も知らんのだな」

牛河原が呆《あき》れたような顔で言った。

「今は小説の単行本が一万部売れたら、大成功だ。出版社も著者も万歳三唱の世界なんだぜ」

「プロなら一万部くらいは普通と思ってました。だって、作家と言えば、夢の印税生活でしょう」

「よし。じゃあ、今から算数のお勉強だ」牛河原が言った。「定価千五百円の本で印税が一割として、一冊売れて著者のもとには百五十円が入る。すると一万部売れたら印税はいくらだ？」

「ええと——百五十万円ですね」

「その本を書くのに一年かかったとしたら、年収はいくらだ？」

荒木は、ひえーという声を出した。牛河原はにやっと笑った。

「さっき言ったように、今や一万部売れたら大成功の時代だ。つまり印税百五十万円を稼ぎ出せる作家は一握りの人気作家だけなんだ。大半の作家は五千部前後だ。純文学の作家なんて三千部くらいの奴がごろごろいる」

「五千部だと、定価千五百円で七十五万円ですね。年間二冊出して百五十万円ですか——厳しいですね」

「厳しいどころじゃない。現実では、印税の年収が百万円以下という作家がほとんどなんだ」

「そういう作家はどうやって食べてるんですか?」

「多くは別に仕事を持っている」

「それって副業で作家をやってるみたいなもんですね」

「まあな、定職がある奴は、稼ぎから言っても作家は完全に副業だな。定職を持たない奴も、たいていはスーパーの店員とか警備員のアルバイトで食っていて、そっちの方が稼ぎが多いから、本職はパートタイマーと言えるな。中には嫁さんに食わせてもらっている専業作家もいるがな。ひどいのになると、三十も越えて親に養ってもらっている奴もいる。売れない女流作家の中には、サラリーマンの亭主を持って主婦をやりながらというのも少くない。こいつらは生活がかかってないから、売れない本を出しても平気だ。まあ半分道楽みたいなもんだな」

「じゃあ、本当の意味でのプロの作家なんて、実は、数えるほどなんですね」

「そういうことだ」

牛河原は店員を呼んで、生ビールと肉の追加を注文した。

「けど、雑誌連載の原稿料というのがあるんじゃないですか」

「たしかに新聞や週刊誌の連載というやつは実入りが大きい。ただし、これができるのは一流作家だけだ」

「そういうのじゃなくて――あの、よく小説ばっかり載ってるやつがあるじゃないですか」

「お前が言っているのは小説誌とか文芸誌とか言われるやつだな」

「そうそう、それです」

牛河原は大きく頷いた。

「あれは――出版社のガンだ」

「どういうことですか」

「出版社は作家の原稿が欲しいから、小説誌に連載という形で書いてもらうんだ。そして毎月、原稿料を払う」

「原稿料はいくらくらいなんですか？」

「作家によって違うが、一般レベルで四、五千円というところかな。月に五十枚書けば、二十万から二十五万。一年続ければ二百五十万から三百万だな」

「結構なお金ですね。印税よりずっといい」

荒木はそう言ってから、ふと気づいたように訊いた。

「そう言えば、僕、小説誌なんて読んだことがないんですが、あれ、売れてるんですか」

「売れるわけねえだろ。今時、月刊の小説誌を読む奴なんかいるかい。小説誌はどれも大赤字だよ」

「赤字なのに、なんで出してるんですか」

「さっきも言ったように、単行本を出すために原稿を集めているんだ。書き下ろしばかりで本を出すのは難しいから、連載という形にして書いてもらうわけだ。そのために毎月、原稿料を払う」

「なんで誰も読まない小説誌に載せるんですか。それで赤字なのに出す。それって変じゃないですか」

「俺が生まれる前の昭和三十年代までは、小説誌も飛ぶように売れていたらしい。何十万部も売れていたというから、夢みたいな時代だな。今はよく売れているやつでも、図書館や大学が購入している分を除けば、書店での実売は一万部くらいがやっとだ。大半は五千部前後だろう。もちろん完全に赤字だ。純文学系の小説誌なんかもう話にならない。購読者は全国に千人もいないだろう。言うならば、同人誌を一般書店で売っているみたいなもんだな。ただ以前は、小説誌で赤字を出しても、連載をまとめて単行本にして出せば元が取れた。まだ本が売れていた時代の話だが」

荒木は複雑な顔で頷いた。

「しかし二十一世紀になって、小説の単行本なんてほとんど売れない時代になった。ただ、それでもそれを文庫にすれば売れたので、そこで投資した分を何とか回収できた。ところがだ——」

牛河原は皮肉な笑みを浮かべて言った。

「最近は文庫でも売れなくなってきたんだ。つまり小説誌で赤字を出して、単行本で赤字を増やして、文庫でさらに増やすという構造になってきた」

「ものすごい世界ですね」

「連載料を支払う投資に見合う作家は、ほんの一握りだ。今や出版はあまりにもリスクの多いビジネスになってしまった。売れ出してベストセラーになったらお札を刷ってるみたいに儲かるが、売れないときは悲惨だよ。そしてたいていが売れない」

「丸栄社は本を出すたびに、儲《もう》かりますけどね」

「うちの客は読者じゃなくて著者だからな。千人の読者を集めるよりも一人の著者を見つける方がずっと楽だ」

牛河原と荒木は大笑いした。

「まあ、とにかくさっきも言ったように、小説誌は文芸出版社のガンだ」

「ガンなら、さっさと切除すればいいじゃないですか」

「そうすればいいと皆わかっていながら、それを放置している」

「どうしてですか」

「小説誌がその出版社の伝統を担ってきた看板ということもあるし、それをやめれば、作家の原稿が集まらないということもある。原稿が集まらなければ、本が出せない」

「でも、本を出しても売れないんだから、小説誌をやめても全然困らないんじゃないですか」

荒木の言葉に牛河原は、まいったなという顔で苦笑いした。

「たしかにお前の言う通りだよ。俺も夏波書房を飛び出した今だから、それがわかる。ただ、中にいる奴にはなかなかそれがわからない。しかも世間的には、文学は価値ある文化と思われている。いまだに全国紙の大手新聞には『文芸時評』というページで、毎月、書評家が千部も売れていない純文系の小説誌に載った作品を得々と論じている。国民の〇・〇〇一パーセントも読んでいない作品を、『時代を見事に活写してる』と評されてもなあ――」

「僕、今までの三十年の人生で、そんなページを一度も読んだことがないですよ」

「胸を張って言うな」

牛河原は笑いながら言った。

「呆れるのは、純文系の編集者の中にも、自分は文化的な価値ある仕事をしていると勘違いしている馬鹿が少なくないことだ。作家でもないのにクリエイター気分で、これは出す価値がある本だと主張して強引に出版する。で、出版社は大赤字だが、著者と編集者はどこ吹く風だ。むしろ売れないのは世間が悪いと思っている」

牛河原は珍しく大きなため息をついた。それから小さく首を横に振った。

「ノンフィクションや学術書なら売れなくても出す意味はあるかもしれん。しかし売れない小説なんて、出す意味がどこにある。それがエンタメなら存在価値はゼロだ。文化的に価値が高い？　価値の高い低いなんて誰が決めるんだ。興行的に成り立たない文楽や能を税金で支えるのもどうかと思うが、売れない文芸を私企業が支えている状況は、もっとおかしいぞ」

牛河原は続けた。

「いや、出版社の連中も本当は皆がうすうす気づいているにもかかわらず、認めるのが怖いのかもしれん。しかしいずれはっきりと気づくだろう。大手のどこかが小説誌をやめたら、雪崩を打つように休刊ラッシュが始まるかもしれん」

「そんなことになったら小説家は困りますね」

「ああ、現実には小説誌は、食えない作家のセーフティーネットみたいな役割を果たしているからな。言葉は悪いが作家の生活保護みたいなもんだ。だから、小説誌が一斉に休刊したら、作家が大量に廃業するだろうな」

「可哀相ですね」

「何が可哀相だ」牛河原は強い口調で言った。「小説誌がなくなったら食べていけない作家なんて、とっとと廃業すればいいんだ。誰も読んでいない小説誌に小説を書いて、毎月原稿料をもらうなんて、お恵みをもらっているコジキと同じじゃないか」

「コジキですか」荒木が笑った。

「コジキはまだましな方だ。タカリみたいなのもいる。売れなくなった有名作家が、『君のところで書いてあげるよ』とか言ってきて、勝手に連載をおっ始《ぱじ》めるんだ」

「断ればいいじゃないですか」

「しがらみと付き合いがあるから、そういうわけにもいかないんだよ。それに賞作家だったりするからむげにもできん。でも連載が終わって単行本にしても売れないから、出版社としては有難迷惑《ありがためいわく》もいいところだ」

「タカリとおっしゃった意味がよくわかりました」

「小説家という誇りがあるなら、小説誌の連載料なんかあてにせずに、本を売って商売しろと言いたい」

「厳しいですね」

「当たり前だ。俺は小説誌の編集者もやってたんだ。毎月毎月、クズみたいな原稿を山のように担当してたんだぞ」

「クズはないでしょう。一応プロの書いたもんなんですから」

「いや、ごく一部の一流作家の原稿を除くと、本当にクズみたいなのが多かった。小説誌なんか誰も読まないのを作家も知っているから、原稿料欲しさに適当に書く奴も少なくなかったんだ。どうせ後で本にする時に大幅に直すつもりだから、完成度なんて初めっから目指していない。明らかに枚数稼ぎに不要なシーンや会話がえんえんと続く時もある。本にする時はそういう部分をカットするんだ。ストーリーが途中で変わることだってある。極端な時は、一度死んだ人間が途中で生き返ったりする」

「無茶苦茶ですね」

「連作短編を本にする時に、最終作だけを書き下ろしにするような奴もいる。これなんか、小説誌でずっと読んでくれていた読者を無視した、というか一種の裏切り行為だが、要するに、最初から小説誌の読者のことなんか微塵《みじん》も考えていないで書いているという証拠だ」

「ひどいですね」

「もっとひどいのもあるぞ。連載が終了したものの、あまりにくだらない内容で本にできないというケースだ。それ以上にひどいのは、連載途中でストーリーが破綻《はたん》してしまって未完のまま終了するケースだ。申し訳ないから原稿料を返上しますなんて言った作家は一人も見たことがない。まさしく原稿料ぼったくりの巻だな」

「呆れますね」

「要するに、はっきり言ってしまえば、小説誌を購読する読者は下書きを読まされてるわけだよ。出来損ないの雑誌を売ってるわけだから、一種のペテン商法だな。売れなくて当然だ」

「けど、プロの小説家の下書きを読めるなんて、なかなか貴重じゃないですか。作家志望の人の参考になるというか」

「お前、いつも上手《うま》いこと言うな」牛河原は大笑いした。「たしかに、そういう意味では貴重な雑誌だな」

その時、追加の肉が運ばれてきた。牛河原が網の上に肉を大量に載せた。

「牛河原部長も苦労したんですね」

「苦労なんてもんじゃないぜ。締切前に余裕で原稿を上げてくる奴なんて滅多にいない。締切を過ぎても原稿が上がらない奴がごろごろいる。毎月、何本か原稿が落ちるんだ。それで、締切が近づいて来ると、胃がきりきり痛むんだ」

「へえ」

「でもな、売れてる作家ほど、原稿をきっちりと仕上げてくる」

「どうしてですか?」

「売れてる作家というのは、才能があるんだ。アイデアが溢《あふ》れるように出てくるから、いくらでも書けるんだよ。だから締切前にできてしまう。才能ない奴はひーひー言っても出ないから、毎月、締切ぎりぎりになって苦労する、で、時には落とす」

「才能があっても書くのが嫌いな作家もいるんじゃないですか」

「そういうのは本当の才能じゃない。ばりばり書ける奴が才能ある奴なんだ」

荒木は苦笑した。

「信じられない話だが、プロの中には頑張っても一ヵ月五十枚も書けない奴がごろごろいるんだ。一日かかって原稿用紙二枚が書けないんだから、どうしようもない。ひどいのになると、一枚も書けないなんて大物もいる。一日かかって四百字も書けないんだから、作家みたいなもんとっとと廃業しろってんだ」

「なんでそんなに書けないんですか」

「小説家になんかなってはいけないタイプの人間がなったからだ。というのも現代では、小説家という職業が、かっこいい憧れの存在になってしまったんだよ。スーツを着て毎朝満員電車に揺られて一日中働かされるサラリーマンの生活に比べたら、小説家は時間は自由だし、普段着でいいし、しかもクリエイターとかアーティストと呼ばれて皆に尊敬される存在だ。おまけに成功したら、夢の印税生活が待っている」

「部長の話を聞いていたら、僕も小説家になりたくなってきましたよ」

　荒木が皮肉っぽく言った。

「まあ、そんなわけで現代では、表面的なことに憧れて小説家や物書きを目指す人間は多い。またそういう奴でも、運がよければなれてしまうのがこの業界なんだ。しかし本来、小説家なんて職業は物語ることに取り憑《つ》かれた人間がなるものだと思う。面白おかしいホラ話を語らずにはおれない異常な情熱を持った人間だ。本当に才能のあるのはそういう人間だ」

「けど、完璧主義だから書けないというのもあるんじゃないですか」

「自分でそうのたまう先生はたまにいるな。完璧な文章をとことん追求するあまり、納得するものを書くのに時間がかかるんだ、とな」

「それって、すごいじゃないですか」

「本当に才能があればな。しかしそんなことを言ってる奴のほとんどの作品がどこにでも転がっているような凡庸な小説だ。ドラマもなにもない身辺雑記しか書けない作家も珍しくない。本人だけが、自分は類《たぐ》い稀《まれ》なる芸術家だと思っている。芸術家の良心として、納得のいかない作品は世に出したくないと。でもな、そこまで自分の作品の完成度を求めるなら、締切がある連載なんかやめて、とことん考え抜ける書き下ろしでやればいいんだ。それをしないで、連載で毎月の原稿料は欲しい、でも作品の完成度を高めるためには原稿を落としても仕方がないなんて、甘えもいいところだ。まあ、でもそんな作家も長い目で見れば、結局は消えていくんだがな」

「売れない作家に相当厳しいですね」

「当たり前だ。売れない作家なんて、出版社に何の利益ももたらさないんだからな。それに資源の無駄使いだ。売れない本のためにどれだけの森林がなくなっているか。それなのに、いっぱしの芸術家気取りで口ばかり偉そうなことを言いやがる」

「売れない作家はすべてダメなんですか？」

「全部がダメというわけじゃない。売れない作家の中には真摯な素晴らしい作品を書く作家もいる。おのれの血で書いたというような作品もある。しかし、そういう作品は読む者にも血を流すことを要求する。だから売れない」

荒木は黙って聞いていた。

「厄介なのは――」牛河原は少し苦々しい表情をしながら言った。「売れない純文学作家の中には、血で書いたと見せかけて、実は赤インクで書いたような作品もあることだ。そういうペテンの作品を血で書いたと勘違いする書評家や読者がいる。また、売れないという理由で、自分は優れた作家だと思い込んでいる馬鹿も多い」

「わかりますよ。そいつらは多分、売れない分、余計にそんなことを言うんでしょうね。俺の本は一般大衆にはわからないとか何とか」

「その通りだ。お前、いいこと言うな」

　荒木は牛河原に褒められて、嬉しそうな顔をした。

「売れない奴ほど売れっ子作家を馬鹿にする。売れるために、あんなにくだらないモノを書いてとか、あんなモノを書くくらいなら筆を折った方がましだ、とかね。ふだんはさすがに言わないが、酒が入ると、そんな本音を吐く馬鹿がいくらでもいる。しかし、その馬鹿たちの本が出版できるのは、一部の売れっ子作家がいるからだということを、あいつらはわかっていない。ベストセラーがあるから、出版社は売れない本でも出版できるんだ。売れない作家が売れっ子作家を馬鹿にするというのは、おまんまを食わせてもらっている親を馬鹿にするみたいなもんだ。本来なら、毎日感謝してしかるべきなのにな。漫画雑誌が売れてるから、自分の小説が出せるのに、漫画を馬鹿にする作家だっている」

「滑稽ですね」

「それに、売れない作家ほど、頑固なタイプが多い」

「と言いますと?」

「編集者として、いろいろ意見やアドバイスをしても、頑としてそれを受けつけない」

「自分に自信があるんですかね」

「俺はその裏返しと思っているがな」

　牛河原はそう言って生焼けの肉を口の中に放り込んだ。

「この書き方では多くの読者がわかりにくいですよ、なんて意見を言うと、返ってくる答えは、わかる奴にはわかるよ、だ。僕は本当に僕の作品を理解してくれる読者に向けて書いているんだ、だからこれでいいんだ、と」

「その気持ちは理解できなくもないですね。僕も歯科技工士の駆け出しの頃、先輩にこうしろと言われても、似たような言い訳をしましたもん」

「歯科技工士と作家を一緒にするなよ」牛河原は笑った。「わかる奴にしかわからない入れ歯なんてないだろうが」

　荒木は頭を掻《か》いた。

「でも、編集者としては、一冊でも多く売れる本にしたい。それで最後は、こう直した方が売れると思います、と進言するんだ」

「作家はどんなリアクションをするんですか?」

「別に売れなくてもいい、僕は売れようと思って書いていない――と、こうだ」

荒木は大袈裟にのけぞる仕草をした。

「すごいセリフですね」

「俺はそのたびに喉まで出かかる言葉を必死で呑み込んだ。それなら、何もうちで本を出さなくてもいいじゃないか、という言葉をな――」

「わかります。売れるのが目的でなければ、ブログにでも書いていたらいいわけですからね」

「そういうことだ。小説家の仕事というのはぶっちゃけて言えば、『面白い話を聞かせるから、金をくれ！』と言う奇妙奇天烈《きてれつ》な職業だ。だから、その話は聞く者を楽しませるためにする、というのが基本のはずだ。しかし人に聞かせることなんか微塵も考えないで、ただ自分の言いたいことだけを得々と喋っているような作家が少なくない。中には、『俺には読者なんか関係ない、俺は俺の書きたいものを書くんだ』と公言している奴もいる。自分の書きたいものを書いて売れるなら、それでもいい。しかし売れない作家が、出版社に赤字を出させてまで書く理由がどこにある。売れなくてもいいから書きたいものなら――自費出版すればいいいんだよ」

「なるほど、そこに来ましたか」

荒木はおかしそうに笑った。

「売れないものを出したいなら、そいつが金を払うのが当然だろう。てめえの自己満足のために出版社に金を出してもらおうというのは虫がよすぎる」

牛河原はウェイターを呼んで、肉とビールの追加を頼んだ。

「でも、そうは言っても、文学ってやっぱり純粋な部分があるじゃないですか」と荒木が言った。「僕らみたいに、ただ儲ければいいというだけじゃないところって、やっぱりどこかかっこいいですよ」

牛河原の表情が少し険《けわ》しくなった。

「お前が思っているほど、純粋な世界じゃない。たとえば、夏波書房がやってる夏目賞だが——」

「超有名な文学賞ですね」

「戦前から続いている歴史ある賞だが、最近は、受賞作の三分の二が夏波書房の本だというのは知らんだろう」

「ええっ、そうなんですか。それってお手盛り受賞じゃないですか。あんなに権威のある賞なのに」

「直近の十年間、平成十五年一月から平成二十四年七月までの二十回で、夏波書房の本は十五冊受賞してるんだ。他の出版社の受賞作は全部合わせても十冊だ。二十回のうち二回は受賞作なしだから、正味十八回で十五冊というのは異常な受賞率の高さだ。とにかく夏目賞は夏波書房のための賞と言ってもいいくらいなんだ。どんなに評判の作家でも、夏波書房で書いていない作家が候補になることは滅多にない。だから若手作家は皆、夏波で書きたがる」

「知りませんでした」

「最近四回連続候補になって落ちた若手作家がいるが、五回目に夏波書房の本で受賞した」

「うわー」

「毎回、候補作を選ぶときから工作は始まっている。自社の刊行本に受賞させるために、ライバルになるような本はあらかじめ候補から外す。それで初めから選ばれそうもない本を混ぜておく」

「なんでそこまでやるんですか」

「夏目賞受賞作品は売れるからだ。数千部くらいしか売れなかった本が、受賞すると一気に十万部も売れる」

「ミダス王の手、ですね」

荒木の言葉に、牛河原は苦笑いした。

「選考会には夏波書房の社長も臨席する。まあ無言の圧力だな。選考会の司会をする社員は、自社の作品が取れる流れに持っていくように司会進行をするんだ。そのために事前に選考委員たちの推薦作を訊いておく」

「見てきたように言ってますね」

「俺自身がやったからだ」

牛河原の吐き捨てるような言葉に、荒木は驚いた顔をした。

「昔はもっと純粋な賞だった。夏目賞だって、ここまでのお手盛りはやらなかった。皆、いい小説に賞をやりたいという気持ちだった。しかし小説が売れなくなって、そんな理想論は言えなくなってきたんだ。夏目賞の選考会を一回やるのに、会場費、選考委員への謝礼、受賞者への賞金、その他もろもろの経費含めて二千万円近い金がかかっている」

「そこまで金をかけて、トンビにアブラゲをやるわけにはいきませんよね」

「でも、こんなことをやってるのは夏波書房だけじゃないぜ。他の出版社も、自社が主催している文学賞では自社刊行本が半分くらい受賞してるんだ」

「露骨ですねえ」

「出版社にいる連中は、口では文化的な仕事などと偉そうなことを言っているが、所詮《しょせん》はその程度の世界だ。結局は――金なんだ」

牛河原は初めて少し寂しそうな顔をした。

6　ライバル出現

「うーん」

牛河原は配られた資料を見て、思わず小さな声で唸《うな》った。

コピーされた資料には上半期の売り上げグラフが記されていた。牛河原が唸った理由は、ずっと右肩上がりできていた営業利益が落ちていたからだ。

内訳《うちわけ》を見ると、出版点数自体はそれほど下がっていないが、契約金の平均が下がっていた。また契約率の低下は社員たちの残業手当を増やす結果となっていた。

この日は、編集部や営業部をはじめとする各部の課長以上が出席する対策会議だった。社長も交えての会議のため、総勢十数名が集まった会議室にはいつもの会議にはない緊張感が漂っていた。

「なんや、うちの売り上げが落ちとるみたいやが、昨今の出版不況の影響かいな」

社長の作田《さくた》が口を開いた。作田は何年も前から現場は各部長たちに任せきりで、たいていは社長室で音楽を聴いたり本を読んだりしていた。また旅行が趣味で、しょっちゅう出歩いていた。

「いえ、出版不況は十年以上続いています」と牛河原が答えた。「我が社はその中で、ずっと右肩上がりの売り上げを続けてきました」

編集部長の牛河原は常務も兼ねていて、序列的には丸栄社のナンバー3だったが、社長の作田からは全幅の信頼を置かれていた。実質的に丸栄社の現場をすべて取り仕切っているといっても過言ではなかった。

「ほな、この不振の原因はなんや？」

テーブルに座っていた全員が営業部長の江木《えぎ》を見た。江木も常務を兼ねていて、牛河原に次ぐ実力者だった。

「狼煙舎《のろししゃ》の存在が大きいと言わざるを得ません」

全員が、やっぱりという表情をした。狼煙舎は三年前にできた新興の出版社だったが、丸栄社と同じように自費出版をビジネスのメインにしている会社だった。

実はこの数年、丸栄社の成功を見た印刷会社が何社も同じビジネスに参入してきたが、ノウハウがないためか、腕利きの社員がいないためか、いずれもビジネスを軌道に乗せることができず、早々に撤退していた。それで狼煙舎も同じように間もなく撤退するだろうと、丸栄社の幹部たちは思っていたが、案に相違して二年ほど前から急速に出版点数を伸ばしていたのだ。

「皆さんにお配りした資料の三ページに、狼煙舎のこの半年間の出版点数のグラフを添付しております」

牛河原はそのページを開いて目を剝《む》いた。狼煙舎がすさまじい勢いで出版点数を伸ばしていたからだ。四月の時点では月間の書籍刊行点数は丸栄社一一三点に対して狼煙舎は五二点だったのが、半年後の十月には丸栄社九七点に対して狼煙舎は九二点となっていた。この調子では下半期は逆転もあり得る。

牛河原にも、最近狼煙舎が勢いをつけているなという印象はあったが、まさかこれほど急激に出版点数を伸ばしているとは思わなかった。

会議室にいたほとんどの者が同じ衝撃を覚えたようで、方々で驚きの声が上がっていた。

「たしかに狼煙舎の出版点数は増えとるが、うちもそれほど減ってるわけやあらへん」

社長の作田が言った。

「ですが、一点当たりの契約金が減っています」と江木が言った。

「そら、狼煙舎のせいか」

「実は狼煙舎の契約金はうちよりだいぶ低いのです。資料の次のページをご覧ください」

皆が資料をめくった。そこには新聞や雑誌に掲載された狼煙舎の広告のコピーがあった。白黒コピーには何カ所か赤で線が引いてある。牛河原はそれを見てまた目を剝いた。そこには狼煙舎で著者が本を出版する際の値段の目安が書いてあったが、丸栄社よりも四割方安い値段で設定されていたからだ。こんな広告が出されていたのを気づかないでいたとは迂闊《うかつ》だった。

「なんじゃ、こりゃ」作田が大きな声を上げた。「価格破壊やないか！」

何人かが頷《うなず》いた。

「こんな値段を許したらあかんで。自費出版ビジネスの常識をぶち壊しとる。業界の安定のためにも何とかせなあかん」

牛河原は社長の言い草に苦笑した。しかし「価格破壊」というのは間違っていない。こんな金額で本を出されたら、丸栄社の価格では太刀打ちできない。

「狼煙舎もこんな金額では儲《もう》けが出ないのではないのか」

牛河原が疑問を口にすると、何人かが頷いた。

営業部長の江木は鞄から何冊か本を取り出して、皆に配った。

「これは狼煙舎の本です」

牛河原も一冊手に取った。

「ひどい作りだな」牛河原はぱらぱらとページをめくった。「雑な製本で糊《のり》づけも甘い」

牛河原は紙を綴じている部分をたしかめながら言った。

「アメリカのペーパーバックみたいだな。紙もぼろい。こんなんだと、読んでるうちにばらばらになってしまう」

牛河原の言葉に、江木が頷いた。

「狼煙舎の本の全部がそうではありませんが、安い金額で契約している客には、こういうペーパーバックもどきの本を出しているようです」

「なるほど、これなら七十万も取れれば十分儲けになるな」

「牛河原部長、うちもこういう安価な簡易本を作りませんか」

経理部長の笠松《かさまつ》が言ったが、牛河原は即答しなかった。

「牛ちゃん、どうや」と社長が訊《き》いた。

「これは両刃の剣です」と牛河原は言った。「たしかに儲けは出るでしょう。しかし、自分の本が出来上がって、こういう安手なペラペラのものになっているのを見たら、多くの客はがっかりするのではないですか」

「それくらいの金しか払えない客なんだから、ある意味こんなもんかと思うんじゃないですか」

誰かが言った。

「いや、それは違う」

牛河原は言下《げんか》に否定した。それから全員を見渡すようにして言った。

「客にとって、本作りは夢なんです。自らの虚栄心や自己満足を満たす夢なんです。夢には、それなりのパッケージが必要です。目先の儲けに走っては、しっぺ返しが来ます。狼煙舎もこんな本を大量に作っていたら、必ず痛い目に遭いますよ」

「そうは言っても、狼煙舎がダメになるまで、うちはやられっぱなしになるんじゃないですか」

江木の言葉に何人かが賛意を示した。たしかにその言葉には一理あった。

「牛ちゃん、なんかええ手、ないんか」と作田が言った。

皆が牛河原を見た。

「我が社はこれまで比較的裕福な客を相手にしてきました。数十万円くらいしか払えない客は相手にしてきませんでした。狼煙舎にはそこを突かれました。これからは我が社も対象顧客を広げていく必要があります」

牛河原はそこで言葉を切った。

「実は以前から考えていた企画があります」

＊　＊　＊

緊急会議の数日後、牛河原が会社を出ようとした時、昼食から戻って来た荒木とばったり会った。

「荒木、忙しいか」

「いいえ」

「じゃあ、ちょっとついてこい」

牛河原はそう言うとタクシーを止めて、荒木と一緒に乗り込んだ。

牛河原は運転手に行き先を告げた。

「いったい何ですか」

荒木が尋ねた。

「今から、青松要一郎《あおまつよういちろう》に会いに行くんだ」

「青松って、夏目文学賞作家の青松ですか？」

「そうだ」

青松は世間でそこそこ名の知られた小説家だった。二十年前はサラリーマン相手にかなり売れた作家だったが、十年くらい前から売れなくなり、この数年は新作を出してもまったく話題にならなかった。いわば名前だけは有名だが、売れない作家の一人だった。

「まさか、青松要一郎がうちで自費出版したいって言うんじゃないでしょうね」

「いくらなんでもそこまでは落ちてない」牛河原が笑いながら言った。「俺たちが青松にうちで本を出してくれとお願いに行くんだ」

「どういうことですか」

「うちは今度、丸栄文庫というのを出す」

荒木は驚いた顔をした。

「文庫は製本単価が安い。つまり百万円とか二百万円とかの高額な金を出せない客も取り込むことができる。七十万円くらいでも十分儲けが出る。普通の本だと安物のペーパーバックみたいなものになる金額でも、文庫だとそこそこのものができる」

「なるほど。でも、どうして青松要一郎の本を出すんですか」

「細かい事情は後で説明する」

タクシーは二十分ほどで世田谷の高級住宅地に着いた。青松要一郎の家は大きな屋敷だった。

「立派な家ですね」

「昔はベストセラーを連発していたからな。その頃に買ったのだろう。いい時代にいい目を見た作家だよ」

牛河原はネクタイを直すと、玄関の呼び鈴を押した。

「丸栄社の牛河原です」

インターホンから、うむ、という声が聞こえて、玄関の鍵があいた。

牛河原と荒木は夫人に応接室に通された。

間もなく和服を着た初老の青松要一郎が姿を見せた。

「先生、お久しぶりです」

「牛河原君は元気にしておったか」

「お蔭《かげ》さまで。今は丸栄社という会社で編集部長をやっております」

「丸栄社というのは聞かない出版社だな」

「新興会社です。しかし既存《きぞん》の出版社にはない新しい企画で、停滞した文芸界に風穴を開けようと社員一丸で頑張っています」

「それは結構だな」青松は言った。「今の文芸界のていたらくはひどいからな」

「丸栄社はこれからどんどん文芸の世界に打って出ようと思っていますが、その布石として丸栄文庫というのを創刊しようと考えております。この文庫シリーズは、既存の大手出版社の文庫とは一線を画すものにしたいと思っておりまして、一番の武器は忘れられた過去の名作の復活シリーズです。溢《あふ》れかえる出版物の中に埋もれてしまっている作品の中には、珠玉と言える名作がいくつもあります。それを掘り起こしたいと考えております」

「それは素晴らしいことだ」

「お電話でも申し上げましたが、先生の初期の名作群を是非、うちの文庫に入れていただきたいと思いまして、こうしてお願いに上がりました」

　青松は鷹揚《おうよう》に頷いた。

「まず第一弾として、『美しき貞操』の発行を考えております。あれこそ、丸栄文庫創刊を飾るにふさわしい名作です」

「ああ、あれね」

「あの名作がなぜ絶版なのか、不思議でなりません」

「まあ、古い作品だからね」

「それは違います！」

牛河原の強い口調に青松は驚いた顔をした。

「すいません、つい興奮してしまいまして——。あの作品を古いなどと言われると、頭に血が上ってしまって、それをおっしゃったのが先生であることも忘れてしまいました」

頭を掻《か》く牛河原を見て、青松は「相変わらず、君は面白い男だな」と嬉しそうに笑った。

「恐縮です」

「たしかに、今の出版界は目先の流行ばかり追いかけている」と青松は言った。「発売して一ヵ月も経てば鮮度が落ちてしまうような本ばかりを出している。若い編集者なんかは古い作品はそれだけで価値がないと考えている。過去の小説の中にも、今の読者の心を打つ作品はいくらでもあるというのに、出版社はそれを出そうとしない」

「先生のおっしゃる通りで。私も夏波書房にいた時から、同じような思いを抱《いだ》いておりました。ただ、夏波書房にいた時は、種々の事情で、身動きが取れませんでした。しかし今なら、丸栄社という新天地で、思い切ったことができます。以前からの夢だった青松先生の初期の傑作シリーズを弊社で出したいと願っております」

青松は満足そうに頷いた。

「本当に青松要一郎の本を出すのですか」

帰りのタクシーに乗った途端、荒木が訊いた。

「本人の前で出すと言っただろう。聞いてなかったのか」

荒木は肩をすくめた。

「青松だけじゃないぞ。これから柿谷信吾《かきたにしんご》、尻丸泰三《しりまるたいぞう》、茅ヶ崎澄子《ちがさきすみこ》、猫畑裕也《ねこはたゆうや》といった作家の絶版本を復刻していく」

「有名作家ばかりですね」

「そりゃそうだ。丸栄文庫創刊にふさわしい顔ぶれを揃えるんだ」

「でも、何か、昔の名選手みたいな人ばかりですね」

「よく気がついたな」

「文庫で復刻して売れるんですか？」

「売れるわけがないだろうが」

荒木は口をあんぐり開けた。

「今、お前が言った『昔の名選手』はなかなか上手い喩《たと》えだ。スポーツの世界でも、いくら過去の名選手でも衰えたら試合には出してもらえない。実力の世界では名前だけでは通用しない。作家も同じだ。いくら過去に賞を受賞していようと、ベストセラーがあろうと、今はまったく売れない作家はいくらでもいる」

「哀れですね」

「それが実力の世界だ。才能の世界で生きるということは、そういうものだ」

「それなら、なんで青松先生の本なんか出すんですか」

牛河原はにやりと笑った。

「過去の有名作家であるということは、利用価値がある。うちの文庫にそんな作家の本がずらりと並べば、丸栄社文庫の箔《はく》がつく。今後、丸栄社文庫で本を出しませんかと客を勧誘する時には、それが大きな武器になる。そうすると、文庫とはいえ安物感がない。むしろ、それなりの高級感さえ出てくる。年配の客の中には、文庫というのは名作が選ばれるものという古い価値観を持った者もいるから、なおのこと都合がいい」

「そうか！」荒木は膝を叩いた。「青松先生の本の横に並びますよとアピールできますね」

「そういうことだ。だから一応、作家はア行からワ行まで十人は揃えるつもりだ」

「あ、それで柿谷先生、尻丸先生、なんですね。でも、他の先生も青松先生みたいに了承してくれますかね」

「作家は誰でも自分の作品は愛《いと》しい。自分の子供みたいなものだからな。絶版になって誰にも見向きもされなくなった作品というものは、親にしてみれば忸怩《じくじ》たる思いがある。それを認めてもらえて、再び脚光を浴びるチャンスがあるとなれば、断る奴はまずいない」

「そんなもんですか」

「有名な作家ほど貪欲《どんよく》なもんだ。どんな形でも、どんな売り方でも、一冊でも売りたいというのが作家だ」

「なるほど、作家の業《ごう》を利用するわけですね」

「狼煙舎に対抗するためにはいろいろと新しいことをしないとな。しかし有名作家の作品の選択がなかなか難しい。箸《はし》にも棒にもかからないものは論外だし、かといって他の文庫で復刊されそうなものもダメだ。そこそこの作品で、しかも他の出版社がまず復刊しないレベルの作品を選ばないといかん」

「それなりに苦労しているということですね」

「金儲けに楽な道はない」


牛河原と荒木が次に訪れたのは、尻丸泰三の家だった。

尻丸は二十代の初めにデビューしてから、いくつもの賞を受賞し、かつては時代の寵児《ちょうじ》と一部でもてはやされた作家だったが、三十代になった頃から次第に売れなくなっていた。中年になってからは本も滅多《めった》に出なくなり、まだ六十歳半ばというのに、今では著作のほとんどが絶版だった。

尻丸は自分の若い頃の本を復刻したいという牛河原の話に大いに食いついた。

「俺の本はいずれ高く評価される時が来ると思っていた」

尻丸は感慨深げに言った。

「先生の本はすでに高い評価を受けています」

「いや」尻丸は言った。「たしかにレベルの高い一部の本読みの間では高い評価を受けている。しかしそれは一般には浸透していない」

牛河原が口を挟もうとするのを尻丸は手で制した。

「いや、お世辞は無用だ。俺の本が一般受けしないのはたしかだ。その証拠に、多くの本が絶版になっている」

「それは出版社にも見る目がないからです」

「それもあるが、俺の本が売れない理由はそれだけじゃない」

「何でしょうか」

「俺は時代に媚《こび》を売らないからだ。売れる奴らは結局、時代と寝る作家だ。時の大衆相手に簡単に股を開く作家だ。俺はそんなことはしたくない」

牛河原は「わかります」と言って頷いた。

「俺も作家のはしくれだ。どうすれば売れるのかくらいは知っているつもりだ」

「先生は実際に何冊もベストセラーを出されました」

尻丸は頷いた。

「今でも、売れるだけの作品ならいつでも書ける自信はある。しかしそれをやれば、作家、尻丸泰三は終わる」

尻丸は腕を組んで天井を見つめた。

「たしかに俺の作品は今は売れていない。それは認める。しかし、いずれ——もしかしたらそれは俺が死んだあとかもしれない。作家というものは、死んで何年も経った後にこそ、本当の評価が下される。生きている間の売れ方など、何ほどのものでもない」

「深いお言葉ですね」牛河原は言った。「たしかに、おっしゃる通りかもしれません」

「ただ——」

と尻丸は腕をほどきながら、静かに言った。

「もしかしたら、今回の復刻で俺の小説の再評価が始まるかもしれない」


「尻丸先生の言葉は深かったですね」

帰りのタクシーの中で、荒木が言った。

「部長と同様、結構、感動させられました」

「おいおい、もしかして」と牛河原は笑いながら言った。「死んでからが本当の評価だとか何とかいう言葉を真に受けていたんじゃないだろうな」

「えっ」

「お前、馬鹿か」と牛河原は呆《あき》れたような顔をした。「作家は生きている間が勝負だ。いいか、小説なんてもんは、死ねば九十九パーセント以上が消えるんだ。後世に残る作品なんてのは、一パーセントもない」

「そうなんですか」

「本物の作家とは、その〇・何パーセントかの作品を書いた奴だ」

「でも、尻丸先生がその仲間に入らないとは言い切れないですよね」

「入るわけがない」牛河原は断言した。「後世に残る作家というのは、生きている時に売れている作家から選ばれるんだ」

荒木は驚いたような顔をした。

「後世に評価されるよりも、現代で売れたり評価される方が百倍も易しいんだ。それさえできない作家が死んでから残るなどということはあり得ない。漱石も鴎外も芥川も現役時代は売れっ子作家だった。昔、売れっ子作家でなくて、現代に読まれている作家なんて一人もいない。平成の世に甦《よみがえ》って爆発的に売れた『蟹工船《かにこうせん》』にしても、当時のベストセラーだ。生前は無名だったが死んでから評価されるなんてのは、認められる前に夭逝《ようせい》した作家くらいだ。尻丸は夭逝するチャンスを失った」

荒木は笑った。

「現代くらい価値観が多様な時代はない。ほんのちょっと光るものがあれば、メッキでも評価される時代だ。そんな時代にあってすら、本が売れないような作家が後世に評価されることは、まずない」

「でも」と荒木が反論するように言った。「何らかのきっかけで再評価されるということはあるんじゃないですか」

「ない」牛河原は即座に言った。「作家が死後に再評価される具体的な道を考えてみようか。忘れられていた本が再評価されるのは、多くの場合、後の出版社の誰かが、もしかしたら売れるかもしれないと仕掛けを打つといったことがきっかけになる」

「そうですね。まず多くの人にその作品を知ってもらうことが条件ですからね」

「そこでだ、お前が編集者として、生前、売れてなかった本をそんな仕掛けで売り出すことをやってみたいと思うか」

「思いませんね。まして、この出版不況に」

「そういうことだ。そういう仕掛けが可能なのは、生前すごく売れていた作品だ。生前売れてなかった作品を仕掛ける出版社なんかあるはずがない。その証拠に、明治や大正や昭和の売れていなかった作家で、後世の仕掛けで売れた奴がいるか」

「そう言えば一人もいませんね」荒木は納得した顔で言った。「売れっ子であることが後世に残る必要条件なんですね」

「必要条件というか最低条件だな。だから生きている間にベストセラーも書けない作家や現役時代に忘れられた作家は、死ねば作品は全部消える」

「厳しい世界ですね」

「全然厳しくなんかない。どんな分野の世界でも後世に残るのは一握りの天才だけだ。世代の壁を乗り越えて面白い本を書けるというのは、本当にすごい作家だ」

「なるほど」

「この前、猫畑裕也と会ったんだ」

「超大物じゃないですか。たしか文学賞の審査員もしていたんじゃないですか。もういい歳でしょう」

「八十歳だ」牛河原が答えた。「その猫畑がふと言ったんだ。今の若い奴らは小説がまるでわかっていない。くだらない漫画やテレビドラマみたいな小説ばかりをありがたがる。作家が丹精《たんせい》込めて書いた文章の深さや味わいなどはまったく理解できない」

「売れない作家はみんな同じことを言うんですね」

「猫畑はしみじみした口調でこう付け加えたよ。僕は長く生きすぎたように思う。小説を読める人たちがこれほど急激に少なくなるとは思わなかった」

牛河原はそう言った後で、「年老いた作家がなぜ売れなくなっているかわかるか?」と荒木に尋ねた。

「才能が枯渇《こかつ》したからですか」

「もちろんそれもあるが、一番の大きな理由は、読者が死んでいなくなるからだ」

　荒木は首をかしげながら、はあ、と言った。

「若いうちに人気小説家になった作家には、当然、大勢の読者がつく。作家はその読者のために書けば、それだけで売れる。彼らが欲するものを書いていくだけでベストセラーになるわけだ。それがベストセラー作家の構造だ。しかし、作家が歳を取ると同時に、読者も同じように歳取っていく。作家は読者を抱えながら年老いていくんだ」

「なるほど、それで読者がだんだん死んでいくのですね」

「死ぬと言うのはある種の喩えだが、読者は歳を取ると、だんだん本を読まなくなる。あるいは若い時に読んでいた本の好みが変わっていく。もちろん、本当に死んでいく読者もいる。だから、作家は歳を取ると、次第に読者が減っていき、本が売れなくなる。猫畑裕也は三十代にデビューした作家で当時は売れっ子だった。しかし、それから半世紀経った今、読者の大半は死んだ」

「読者が死んでいくのは止めようがないですね」

「そうとは限らない。常に新しい読者を開拓すればいいんだ。若い世代の読者を摑む作品を出し続けていれば、読者が死に絶えることはない。固定客ばかり相手にして、同じメニューばかり出している店は、やがてじり貧になって閉店してしまうのと同じだ」

「でも、新しいメニューに挑戦して失敗したら、元も子もないですよ」

「それはそうだ。だからたいていの作家は、自分の得意料理だけを後生大事に作り続ける」

牛河原の言葉に、荒木はうーんと唸った。

「かといって、元テレビ屋の百田何某《なにがし》みたいに、毎日、全然違うメニューを出すような作家も問題だがな。前に食ったラーメンが美味《うま》かったから、また来てみたらカレー屋になっているような店に顧客がつくはずもない。しかも次に来てみれば、たこ焼き屋になってる始末だからな――」

「馬鹿ですね」

「まあ、直《じき》に消える作家だ。とにかく、後世に残る作家というのは、常に新しい読者を生み出す小説が書ける作家だ。ある世代の人たちに熱狂的に受け入れられても、その世代が消えたらお終《しま》いだ」


牛河原と荒木が次に向かったのは新宿のホテルだった。そこのラウンジで純文学作家の綿《わた》貫薫《ぬきかおる》と会った。

綿貫は四十歳を少し過ぎたくらいで、この日に牛河原と荒木が会った作家の中では飛びぬけて若かった。二十年近く前、大学院生の時に純文学作家に与えられる藤村賞を受賞していた。受賞作は非常にシュールで難解な作品ながら、スマッシュヒットになり、映画化もされた。三年くらいは注目されていたが、その後急速に忘れられ、本もまったく売れなくなり、この二年間は新作も出ていなかった。著作も受賞作の文庫を除いてすべて絶版になっていた。綿貫は瘦《や》せた貧相な体にくたびれた背広を着て、長髪にうっすらと無精髭《ぶしょうひげ》を生やしていた。

牛河原は挨拶を済ませると、綿貫の作品名を挙げて、文庫で復刊したい旨を告げた。

「ああ『さっきから、私をうんざりさせないでって言ってるじゃない！』だね」綿貫は気取ったふうに言った。「実はあれは、藤村賞受賞作よりも優れた作品なんだよね」

「私もそう思います」牛河原が言った。「あの作品は受賞作の世界を更に深化させたものです」

綿貫は、ふっと小さく笑った。

「牛河原さんって言ったね。あなた、小説がわかってるね」

「綿貫先生の小説は全部読んでいます。丸栄文庫で綿貫先生の若い時の魅力をより多くの読者に知らせたいと思っています」

「まあ、復刊するならするでいいけどね。今の人たちに俺の本がわかるかなあ」

「わかりますよ」

「どうかな」綿貫は小馬鹿にしたような笑みを浮かべた。「俺はもう大衆には失望してるんだ。結局、小説を読みこなせる本物の読者なんていうのは、日本には数百人くらいしかいないんだよ。くだらんエンタメは読めても、芸術作品は読めない。だからもう文学なんて書く気が起こらないのさ。もちろんエンタメなんて死んでも書く気はない」

「綿貫先生、どうか読者に失望しないでください。また是非新作を書いてください」

「まあ、もう一度読者に対して期待を抱くことができたら、書いてもいいけどね」


ホテルを出てタクシーに乗った途端、荒木が「見た目が貧相な作家でしたね」と言った。

「ああ、生活に疲れている感じだったな」牛河原が言った。「昔は現役イケメン大学院生として注目されたが、今はただの中年男だからな」

「でも、読者に失望して書かないなんて、一つの美学ですね」

「美学なもんか。まったく売れないから、どこの出版社も出してくれないだけだ」

「なんだ、そういうことですか」と荒木ががっかりしたように言った。「じゃあ、あの人、何で食ってるんですか?」

「知りたいか?」

牛河原はにやりと笑った。「匿名のエロ小説で食っているんだ」

「本当ですか?」

「売れない純文学の作家には、そういうのは珍しくない。でもな、官能小説を書くことは決して恥ずかしいことじゃない。宇能鴻一郎《うのこういちろう》や団鬼六《だんおにろく》は立派な作家だ。情けないのは、正体を隠して書くという行為だ。純文学作家で芸術家である自分がエロ小説を書いているのを知られるのは誇りが許さないんだろうが、匿名で書いている時点で、誇りなんてとっくに失っているということに気づいていないんだ」

「僕は作家にならなくてよかったですよ」

荒木の言葉に牛河原はおかしそうに笑った。

「お前の気持ちなんかどうでもいいが、とにかく丸栄文庫は創刊と同時にかなりのラインナップを揃えることができる見込みが立った」

牛河原はそう言って腕を組んだ。

「ところで、部長」と荒木が言った。「前から疑問に思っていたのですが、いい文章って何ですか？」

「読みやすくてわかりやすい文章だ。それ以上でも以下でもない」

「でも、それっていわゆる文学的な文章というのとは少し違いますよね」

荒木の質問に、牛河原は皮肉っぽい笑みを浮かべた。

「書評家や文学かぶれの編集者が言う文学的な文章とは、実は比喩のことなんだ」

「比喩――ですか」

「たとえば単に『嫌な気分』と書くのではなくて、『肛門から出てきた回虫が股ぐらを通って金玉の裏を這《は》いまわっているような気分』などと書くのが文学的な文章というわけだ」

荒木は笑った。

「何となくわかるような気がします。うちの応募原稿にもたまにそんなこねくり回した文章がありますよ」

「日本の文学界には、主人公の心情を事物や風景や現象や色彩に喩えて書くのが文学的と思っている先生たちが多いからな。だから比喩をほとんど使わない作家や作品は評価されない。リーダビリティが高いと逆に低級とされる」

「純文学って、僕、全然理解できないんですが」

「純文学にはメタファーが含まれていることが多いからな」

「それは何ですか」

「暗喩《あんゆ》とか隠喩《いんゆ》とか呼ばれるもので、つまりある事象を描きながら、実は別のあることを表現しているといったものだ。しかしすぐにそのことがわかってはいけない。文学的な素養に溢《あふ》れたレベルの高い読み手が、じっくり考えた末にやっとわかるくらいの難しさが必要だ。この難易度が高いほど高尚《こうしょう》な作品と言われる」

「何ですか、それは」荒木が呆れたような顔をした「パズルですか」

牛河原が腹を抱えて笑った。あまりの大きな笑い声に、運転手が驚いてちらっと振り返った。

「まあ、文学談義はこれくらいにしておこう」

牛河原はさんざん笑った後で、表情を引き締めた。

「これからは丸栄文庫がうちのもう一つの商売になるぞ」

牛河原と荒木が会社に戻ると、編集部員の小山真純《こやまますみ》が「資料ができました」と言って、ファイルの束を持ってきた。

「おお、できたか」

牛河原は資料をぱらぱらとめくって満足そうに微笑《ほほえ》んだ。

「とりあえず、四百件をリストアップしました」

「ご苦労」

牛河原はそう言うと、小山に「手が離せない者以外は、全員、会議室に集まるように伝えてくれ。それとこの資料の全員分のコピーを用意しておいてくれ」と言った。

二十分後、会議室に三十数人の編集部員が集まった。牛河原は皆に向かって言った。

「来月、うちは丸栄文庫を創刊する。それについては明日、販売部から詳しい説明があるが、今から別の戦略の話をする。丸栄文庫と並ぶうちの新機軸だ。皆に配ったのは、インターネットのブログのアドレスだ」

全員が机の上の資料を見た。

「今までは新聞広告を打ったり出版説明会などを開いて原稿を集めていたが、これでは金もかかるし、カモが来るのをただ待つだけだ。しかし、これからはこっちから積極的にカモを撃ちにいく」

多くの者がどういう意味だろうという表情をした。

「このコピーにあるリストは、小山君に頼んで作ってもらったものだ。いずれもこの三ヵ月くらいで百回以上の更新をしているブロガーたちだ。お前たち、今一つ、意味がわからんという顔をしているな」

牛河原が会議室を見渡して、にやりと笑った。

「毎日、ブログを更新するような人間は、表現したい、訴えたい、自分を理解してほしい、という強烈な欲望の持ち主なんだ。こういう奴は最高のカモになる。なんで今までこれに気づかなかったのか——俺は間抜けだったよ」

何人かが笑った。

「でも部長」と編集部に来て三年目の湯川《ゆかわ》譲二《じょうじ》が言った。「有名ブログの書籍化はすでに大手がやっていますが」

「アクセスが何十万もあるようなブログは、書籍化してもある程度の売り上げは見込めるから、大手出版社が触手を伸ばすのは当然だ。うちが狙うのは、大手が見向きもしないようなブログだ。アクセス数は関係ない。大事なのは更新数だ。誰も見ていないブログをせっせと更新するような奴は必ず食いついてくる」

「本を書くモチベーションとブログを書くモチベーションは同じでしょうか」と湯川が言っ

た。

「同じだ」牛河原は即座に言い放った。「共通しているのは強烈な自己顕示欲だ。根底にあるのは、自分という存在を知ってもらいたい！　という抑えがたい欲望だ」

牛河原はそう言いながらコピーをめくった。

「すでに小山君がそのうちのいくつかのブロガーにメールで連絡先を聞いてくれている。今から、俺がそのブロガーに電話する」

牛河原は部屋の隅にある電話を持ってこさせ、早速、電話をかけた。

相手の電話の声が会議室に聞こえるようにスピーカーにつないだ。

「もしもし、こちらは丸栄社の牛河原と申します。須山詠子《すやまえいこ》さんのお宅でしょうか。先日、弊社の小山がやりとりさせていただいたかと思いますが――」

「あ、あ、あ」

須山の慌てた声が電話のスピーカーを通して聞こえた。その対応がおかしくて、何人かが笑いを噛《か》み殺している。

「私は小山の直属の上司で編集部長を務めております。須山さんのブログ、『本、本、本』を非常に興味深く拝見させていただきました」

「あ、あれを見たんですか」

「はっきり言って素晴らしいブログだと思いました。世に書評は数多くありますが、これはプロの書評家以上、いやプロには決して書けないタイプの書評だと思いました」

「ありがとうございます。でも、私はただ毎日読んだ本の感想を書いているだけです」

「ご謙遜《けんそん》を。須山さんのブログには、毎回、非常に鋭い意見が散りばめられています。それは単なる感想には留まりません。須山さんのブログには、よく『この部分はない方がよかった』『ここはこう書けばよかった』と書かれている時があるじゃないですか。その指摘があまりに鋭く実践的なので、何度も唸らされました」

　会議室にいる全員はいつもながらの立て板に水の牛河原の言葉を感心して聞いている。

「思ったことを書いただけですよ」

「だとしたら、これはもう天性のセンスですね。おそらく須山さんは小説を読んだ瞬間、本質的な何かを摑み取る能力があるのだと思います。それに有名作家のベストセラーに対しても容赦ない批評が書かれていますね」

「すいません。私、嘘が書けなくて――」

「でも、間違ったことは書かれていません。プロの書評家以上に鋭いものがあります」

「私は、読み手と書き手は対等の立場だと思っているのです。だから、有名作家の作品にも厳しい意見をぶつけます」

「素晴らしい！」

「こう見えても、年間三百冊くらい本を読んでるんです。だから、本を読む力に関しては、自信があります」

「三百冊ですか。それはすごいです。でも、そんなに読まれていたら、本代もばかにならないでしょう」

「出版社の新刊案内をチェックして、図書館にリクエストするんです。そして予約一番で新刊を読みます」

「いやあ、まさに読書人の鏡ですね。須山さんは出版文化への大きな貢献者です」

「多くの人が私みたいな本好きなら、文芸も出版界ももっと盛り上がるのになあと思います」

会議室にいる何人かが苦笑いを浮かべた。

「私が何よりも関心しましたのは、須山さんの文章には、若い作家に対する大きな愛情が感じられることです。表現が拙《つたな》い場合は厳しく指摘される一方で、上手になった作家には『かなり上達してきた』と、ちゃんと成長を認めるような文章も書かれています」

「いい作家になってほしいという気持ちがありますから」と須山は言った。「それに、上達をした時は素直に認めてあげないと」

「そこなんですよね、私が須山さんのブログに惹《ひ》かれるのは」

「ありがとうございます」

「それで、私がこうしてお電話を差し上げたのは、ですね――」

と牛河原が声のトーンを変えて言った。会議室の全員が牛河原の言葉に集中した。

「このブログを丸栄社で出版できないかというご相談なのです」

須山が電話口の向こうで息を呑《の》み込むのがスピーカーを通してわかった。

「我々編集部としては、これは画期的な本になるだろうと思っています。従来あった毒にも薬にもならない職業的書評家の本にはない魅力が詰まった本になります」

「私のブログが本になるのですか」

「もちろん、書籍化が決定したわけではありません。これから企画を出して、編集会議にかけなければなりません。営業の判断を仰ぐ必要もあります。しかし、まずは著者である須山さんのご意向を聞かずして進めることはできませんから、出版の意思を伺いたいと思って電話を差し上げた次第です」

「私はかまいません」

須山の声のトーンは明らかに上がっていた。

「わかりました。それでは企画書を上げて、編集会議にかけさせていただきます。もし、出版が決まりましたら、すぐにご連絡いたします」

牛河原が電話を切った後、皆が感心した顔をした。

「さすがですね。部長」と湯川が言った。「今頃、舞い上がっているでしょうね」

「あとは湯川が電話して出版まで持っていけ」

「私がですか?」湯川は苦笑した。「わかりました。では、三日後くらいに電話しましょうか」

「馬鹿、早すぎる。お前、何年この仕事をやってるんだ。しばらくはほうっておいて期待を思い切り膨らませる。そして、焦らす。向こうが、あれ、やっぱりダメだったのか、と思った頃に連絡するんだ」

湯川が恥ずかしそうに頭を掻いた。

「このリストには他にもいろんなブログがある。食べ歩きもあるし、競馬のギャンブル記録を綴《つづ》っただけのもある。鉄道オタクやら、アニメオタクのもある。どいつもこいつも、他人に何か言いたくて言いたくてたまらない連中だ。うちから見たら、まさしく宝の山だ」

牛河原の言葉に皆が笑った。しかし牛河原はにこりともせずに言った。

「このブログ一本釣り作戦と、来月の文庫創刊を組み合わせて、下半期に大攻勢をかける」

7　戦争

「見ましたか、これを」

販売部長の江木が新聞の切り抜きを持って、牛河原の席にやってきた。

それは狼煙舎の新聞広告だった。何と全面広告に大きく「狼煙舎文庫創刊につき、原稿募集」と書いてあった。

牛河原は舌打ちした。

丸栄文庫が創刊したのは三ヵ月前だ。この企画は当たった。青松要一郎や尻丸泰三などの有名作家と同じラインナップに並べられるということが顧客の心理をくすぐり、契約数は倍増した。またこれまでの料金よりもかなり安い金額を提示できるということで、新しい顧客層を開拓できた。創刊記念として文庫新人賞を設け、多くの原稿も集まった。これからは丸栄文庫が丸栄社の大きな柱になっていくと思われた。

しかしわずか三ヵ月で、狼煙舎が同じことを始めたのだ。

「まったく、仁義も何もあったもんじゃないな」

牛河原は吐き捨てるように言った。

腹立たしいことはまだあった。広告には、「出版価格は四十万円から」という文章があったことだ。その金額は丸栄社の半額に近かった。

その日の午後、緊急重役会議が行われた。

「皆さんもご存じのように、丸栄社が開発した文庫ビジネスを早速狼煙舎が盗みました。しかも金額はダンピング価格と言ってもいいくらいの値段です」

江木が説明した。

「無茶苦茶な値段、つけよるな」

社長の作田が呆《あき》れたように言った。

「たしかに社長の言われる通りです」と江木は言った。「この価格をばんばん広告で打たれて、多くの客がその値段を認知するようになったら、うちとしては非常にやりにくくなります。狼煙舎に対抗するためにはこちらも価格を下げないといけませんが、それはかなり苦しいことになるでしょう」

皆が黙りこんだ。会議室は重苦しい沈黙に包まれた。

「しかし、こんな価格設定で狼煙舎は儲けになるのかな」

牛河原の質問に、製作部の黒田部長が、「損は出ませんが、利幅は非常に薄いと思います」と答えた。

「敵はシェアを取るために儲《もう》けを度外視してやってるな」と牛河原はいまいましそうに言った。「うちの戦力をガタガタにしてから、値段を釣り上げようとしているのかもしれん」

「そこまではやらんやろ」作田が言った。「そない大きなビジネスやない。多分、コストで何かからくりがあるんや」

社長の言葉にも一理あった。牛河原は頷《うなず》いた。

「そやけど、この広告はうちに対する宣戦布告や」

作田はそう言って新聞広告のコピーを手で叩いた。

「安い派遣社員でも使っているのでしょうか。それとも別の事業で潤っているのでしょうか」と誰かが言った。

「もしかして出版した本を書店で売って利益を上げているとか？」

「素人のクズ本が売れるわけあらへんやろうが！」

作田の言葉に皆が笑った。

しかし作田自身はにこりともせず、牛河原の方を向くと、「牛ちゃん、何かええ手はないんか」と訊いた。皆が一斉に牛河原を見た。

少し間を置いて牛河原が口を開いた。

「狼煙舎にしたところで、こんな価格でやるのは楽ではないはずです。最近は新聞広告も安くなってきてるとはいえ、データを見る限り、これだけ新聞に広告を打てば、その費用だけでも相当なものになります」

皆が頷いた。

「やはり無理な価格設定じゃないですか?」誰かが言った。

「おそらく相当経費を削っているんでしょう。社長がおっしゃったように、そこに何かからくりがあるはずです」

牛河原はしばらく腕を組んでいたが、やがてぽつりと言った。

「私に一つアイデアがあります」

＊　＊　＊

「僕にスパイをやれと?」

荒木が声のトーンを上げて牛河原に訊《き》き直した。しかし大きな声を上げることはしなかった。

二人は会社近くのいつもの喫茶店の端のテーブルに座っていた。近くには客はいなかった。

「そういうわけだ」と牛河原は言った。「お前には狼煙舎に入ってもらって、内部事情を探ってもらう。これは業務命令だ」

「――はあ」

「上手《うま》い具合に、狼煙舎は今月、中途採用者を募集している。ビジネスが軌道に乗って、社員が足りなくなっているのだろう」

「でも、ライバル社の社員を入れてくれますかね」

「大丈夫だ。お前はGG企画という編集プロダクション会社の社員ということにしてある。これが履歴書の下書きだ」

牛河原はそう言って、テーブルの上に一枚の書類を置いた。

「GG企画って。うちが使っている編プロじゃないですか」

「ああ、そこの社長には話をつけてあるから大丈夫だ。お前はそこで五年のキャリアがあるやり手の編集者だ」

「それって経歴詐称じゃないですか」

「刑務所に行くほどの罪にはならん」

荒木は苦笑した。

「敵さんは今、猫の手も借りたいくらいのはずだ。編プロにいたとなれば、すぐに採用するさ」

牛河原の予想通り、二週間後に荒木から「狼煙舎に採用された」という報《しら》せが届いた。

荒木は一週間前に丸栄社を退社させていた。もちろんスパイの役目が終わったら、すぐに復帰させることになっている。このプロジェクトを知っているのは、社長を含め、限られた者だけだった。

三日後、牛河原はＪＲ大塚駅から少し歩いたところの居酒屋の個室で荒木と会った。この店が二人の連絡先兼作戦会議の場所だった。

「で、編集部にまわされたか？」

「はい、上手い具合に。でもまだ研修中なんです。ビジネスのシステムを学んでいます」

「うちと違うか？」

「いいえ、基本的には同じですね。ただ、噂によると、社長は昔、マルチ商法をやっていたらしいです」

「マルチか――」牛河原は唸《うな》った。「騙《だま》しのプロだな」

「それで、狼煙舎には編集者用の詳細な接客マニュアルがあります。セリフまで決められています」

「マクドナルドみたいだな」

「マクドナルドはどの客にも同じセリフですが、狼煙舎は客のタイプによって、いくつものパターンが書いてあります」

「なるほど。そのマニュアルがあったら、新米社員でもそこそこは対応できるというわけだな」牛河原は感心したように言った。「そのマニュアルは持ち出せるか」

「超極秘資料です。それぞれの机に一部ずつ置かれていますが、持ち出すことはもちろん、机から移動させることも禁じられています。当然コピーは厳禁です」

「となると、資料の入手は難しいな。お前の頭の中に、きっちりと入れてもらうしかないな」

荒木はにやっと笑った。

「伊達《だて》に牛河原さんに鍛えられていませんよ」

荒木はそう言って、鞄の中からファイルを取り出した。「会社の目を盗んで全部コピーしてきました」

「さすが、俺の見込んだ男だ」

牛河原は早速資料に目を通した。まず目に入ったのが新人賞に落ちた客を勧誘するマニュアルだった。

「おい」と牛河原は言った。「この、新人賞に応募させて、そこから一本釣りしていくやり方はうちと同じじゃないか」

「そうです。多分、うちのシステムを真似ています」

牛河原はその勧誘のセリフを読んだ。

「これもまったく同じだ」

「これは想像ですが」と荒木は言った。「実際に丸栄社の新人賞に応募して、うちのマニュアルを盗んだ可能性があります」

牛河原はそれは大いにあり得ると思った。自費出版ビジネスは丸栄社が長年シェアのトップを走ってきた。それを支えてきたのが「新人賞システム」だ。様々な賞を設《もう》けて一般の人たちから原稿を募集する。そして落ちた客に一人ずつ電話して、「この素晴らしい原稿をそのまま埋もれさせるのは惜しい」と言葉巧みに誘導し、出版費用を出させるというものだ。これを考えたのは社長の作田だ。今は顧客と交渉することはないが、作田はこの勧誘が天才的に上手かった。牛河原も作田から大いに学んだ。

「業界トップの座に甘えているうちに、新興勢力に狙われていたんだな」

牛河原はさらに資料のページを繰《く》った。そこには各賞ごとに異なった褒め言葉が書かれていた。たとえば、「自分史」の賞と「小説」の賞では、褒めるポイントが違っていた。さらに賞ごとに客が十から十五のタイプに分けられていて、それぞれ、異なった勧誘の言葉が書かれていた。また原稿の種類によっても、勧誘の「殺し文句」が異なっていた。

「これはすごい！」

「そうでしょう。私も感心しました」

牛河原はこのマニュアルを使えば、新米社員でもかなり契約成立率が上がると思った。

丸栄社にも基本的なマニュアルはあるが、あくまでガイドライン的なもので、個々の細かな交渉は社員たちに任せていた。だから、経験と腕の差によって、契約率に大きな差が出た。

それでも、これまでは常に会社全体としては十分に利益の出る契約数を叩き出していた。迂闊《うかつ》だった、と牛河原は思った。長年、業界のトップに胡坐《あぐら》をかいていて、しかもライバル社がいないということで慢心していた。客などはいくらでもいると思って、契約率を上げる工夫を忘れていた。背中に嫌な汗をかいた。過去様々な業界において、慢心によって創意工夫を忘れ、トップから転がり落ちた企業はいくらでもある。

牛河原をさらに驚かせたのは、クレームマニュアルだった。そこには客のクレームが二十二パターン書いてあり、それぞれのクレームにはどういうセリフで対応すべきかが書かれていた。すごいのは、そのセリフに対して想定される客の反応パターンが何種類か書かれており、それぞれの対応のセリフまで書かれていることだ。このマニュアルブックさえあれば、日本語が話せる者ならたいていのクレームには対応できる。

客がマニュアルにないクレームやセリフを言ってきた場合は、自分の言葉で対応するのではなく、「『その件に関しましては、今ここでお答えしかねますので、上司に相談いたしまして、あらためてご連絡を差し上げます』と言うこと」と書かれていた。

「最先端のデジタルシステムみたいな感じだな。これに比べたら、うちは職人的なアナログだな」

牛河原の言葉に荒木も笑った。

「なるほど、これならズブの素人でも即戦力になる。さすが元マルチの親玉だ。なかなかやるな」

「実はもっとすごいことを発見しました」

荒木は言った。

「何だ？」

「狼煙舎には基本給がほとんどないんです」

「何っ？」

「契約が決まって客が金を振り込むと、その社員に報奨金が出るシステムなんです」

「すごい会社だな。で、報奨金はいくらなんだ？」

「契約金額の十パーセントです」

牛河原は思わず、うーんと唸った。なるほど、それだと会社にリスクはない。売り上げのない社員には金を払わなくていいのだから、決して損はしないことになる。詐欺商法の会社がよくやる典型的なシステムだ。

「腕利きの社員の中には、月収百万円以上の奴もいます」

荒木はちょっと羨《うらや》ましそうに言った。

「お前もいっちょう狼煙舎で稼いでみるか」

「スパイをしながらですか」

「小遣い稼ぎにはなるだろう」

荒木は苦笑した。

「また何か情報があったら知らせてくれ」

牛河原はそう言うと伝票を摑《つか》んで立ち上がった。


牛河原が編集部に戻ると、飯島杏子が嬉しそうな顔でやってきた。

「契約が一つ取れそうです」

飯島は以前、子供を亡くした母親の本を出した時に仕事に疑問を抱いていたが、牛河原の言葉を聞いて以来、すっかり元気になっていた。

「よかったな。客は何者で、原稿はどんなやつだ」

「おばあさんで、亡くなった夫の思い出を書いたものです」

「たまにあるやつだな」牛河原は鼻くそをほじりながら言った。「長年連れ添《そ》った連れ合いを亡くすと、思い出を書きたくなるのかもしれんな」

「はい」

「で、そのばあさん、遺産でもたんまり入った金持ちか」

「いいえ。聞くところによると、年金暮らしとか」

牛河原は指についた鼻くそを机の角になすりつけると、「住んでる家は」と訊いた。

「さあ、そこまでは知りません」

「住所を見せてみろ」

牛河原は飯島から資料をふんだくるように取った。

「寿荘一〇三号室か――名前からすると、ボロアパートみたいだな。出版する金はあるのか」

「貯金を下ろすと言ってました」

牛河原は資料を飯島に投げ返すと、強い口調で言った。

「断れ！」

飯島は顔色を変えた。

「その金はばあさんの老後の生活費だ。そんな金をふんだくるんじゃない」

飯島は不服そうな顔で何か言おうとしたが、牛河原はそれを制した。

「年寄りの中には資産家はいくらでもいる。マンションやアパートや駐車場を持っているような奴らがごろごろいる。どうせあの世には持っていけない金だ。そういう奴らをおだてまくって、クズ本出版でいくらむしり取ってもかまわん。しかし少ない稼ぎをこつこつ貯めて老後の生活費用に持っていた金をそんなものに使わせるな」

「でも」と飯島は不服そうな顔をした。「おじいさんの思い出をどうしても本にしたいと言うんです。貯金を全部出してもかまわないって――」

「子供はいるのか」

「いいえ。お子さんはできなかったと言ってます」

「なおさらダメだ」

「だったら、すごく安いお金で出してあげるのはどうでしょう。うちが利益を出しさえしなければ、相当安い金額で出版できるんでしょう」

「会社はボランティアじゃないんだ！」

牛河原は怒鳴ると、机の端につけた鼻くそを、飯島目がけて指で弾き飛ばした。鼻くそは飯島のスカートにくっついたが、彼女は引きつった顔をしたまま、払《はら》い除《の》けようともしなかった。

「前から言ってるだろうが！」と牛河原が大きな声で言った。「まず、客の資産状況をそれとなく探る。金の交渉はその後だ」

飯島は泣きそうな顔で黙って頭を下げると、自分の席に戻っていった。

牛河原はその後ろ姿を見ながら、軽くため息をついた。それから机の置いてある狼煙舎のマニュアルに目をやった。

うちもきちんとマニュアルにしないといけないな、と思った。必須事項は書類にして、重要なことはそのつど口頭で伝えてきてはいるが、若い社員の中には契約成立ばかりが頭にあって、往々にして大事なことが抜け落ちる。これまではそれでもやってこれたが、狼煙舎という強力なライバルが現れた今、以前のような適当な交渉のやり方では難しくなる。それに、さっきの飯島のように、大事な生活費までむしり取って契約をしてしまうような者も出てくる。

牛河原は、早速、若い奴にこの資料を渡して、これを参考にうちなりのマニュアルを作らせようと決めた。


荒木から連絡があったのは三日後だった。

「いやあ、驚きましたよ」

荒木はビールで乾杯した後、牛河原に言った。大塚にある居酒屋の個室を使うのは二度目だった。

「何が驚いたんだ？」

「狼煙舎が客に渡す印税は五パーセントです。うちの半分です」

「千円の本で五十円か。千部刷っても五万円浮くだけじゃないか」

「でもその分だけ、出版費用を低めに設定できますからね」

「うちと逆だな。最初にどかっと払っても、印税で戻ってくる方が客の満足度は大きいと思うんだが、まあそのあたりは朝三暮四か。猿はどっちを喜ぶかだな」

「ただ、印税に関しては、狼煙舎は巧妙なセールストークをやっているんですよ。五千部まては印税五パーセントですが、それを超えると千部増刷のたびに印税も一パーセントずつ上がっていって、一万部を超えると十パーセント、五万部を超えると十二パーセント、十万部を超えると十五パーセントなんです」

「五万部とか十万部なんて、はなからあり得ない部数じゃないか」

　牛河原は鼻で笑った。

「僕も最初はそう思いましたが、実際に客にそういうケースの話をすると、すごく食いつきがいいんですよ。客は重版と印税のシステムを聞くことで、それらが現実的に思えてくるみたいなんです。自分の本にもそんなことが起こり得るんだ、というふうに」

「なるほど」と牛河原は言った。「狼煙舎でそういう細かいケースが決められているということは、実際にそうしたケースが過去にもいくつもあったからだと、客は思うわけだな」

　荒木は頷いた。

「印税のことはともかく、僕が一番驚いたのは、狼煙舎は千五百部刷ると客に言って、五百部しか刷ってないことです」

「おいおい、それって詐欺じゃないか」

「そうです」

　牛河原は唸った。狼煙舎の社長は元マルチ商法のボスだ。それくらいの詐欺は屁《へ》とも思っていないのだろう。本は全国に配本したと言ってしまえば、実際に客が調べようにも調べるすべがない。

「千五百部と五百部じゃあ、金額的には大きいからな。そこで経費を浮かしていたわけだな。それに保管する倉庫代も全然違ってくる」

「実際のところ、書店に撒《ま》いても五十部も売れないからな。著者が買う以外は」

「ですよね。だから本当は五百部でも多すぎるんですが」

　荒木が笑いながら言った。

「実際には、刷り部数を五百部以下にしたところで、印刷と製本の経費はほとんど変わらないからな。無駄でも五百部は刷らないといかん。余った分はいずれ著者に買わせることができるしな」

「もう一つ驚くことがありまして」と荒木が言った。「全国の書店に配本すると言っておきながら、実はほとんど配本してないんですよ」

「本当か！」

「ひでえなあ」

「はい」

「それってまるっきり詐欺じゃねえか」

　牛河原は呆れたような顔でビールを飲んだ。

「うちはこれでも全国百十七店の書店と契約してるんだ。全然売れない本を置いてもらうために棚を丸ごと買ってるんだ」

「置いてもらった本を後で全部定価で買ってるんですからね」

「その金は意外に馬鹿にならん金額だぞ。でも客には、全国の書店に配本されると言っている手前、その証明のための必要経費だ。金はかかっても、そこはやらんといかん。商売は客との信用が第一だからな」

荒木は頷いた。

「しかし、狼煙舎にしても、そんないい加減なことをやってたら、客から苦情が来るだろう。うちみたいに良心的にやっていても、書店に本がない、とクレームをつけてくる客がたまにいるんだから」

「狼煙舎では、そんなクレームはしょっちゅうですよ。僕も何回かそんな電話を受けました」

「どうやって対応してるんだ」

「笑っちゃいますよ」と荒木が苦笑いしながら言った。「書店にないのは売れたからですよ、って僕らに説明させるんです」

「本当か」

「はい。ちゃんとマニュアルがあるんです。予想外に売れていて、配本が追いつかない状態ですって言うことになっています。書店にないのは売り切れているからです、と」

「大ウソじゃねえか。そんなんで客が納得するわけないだろうが」

「ところが、これでたいていの客が納得するんです。ああ、やっぱり自分の本は売れてるんだ、と思うんですよ」

牛河原は呆れたが、考えてみればそうかもしれないと思った。自分で本を書いて出したいなんて考えている奴はたいてい頭がおかしい。自分の本はすごい傑作だと信じ込んでいる。だとすれば、「売れてます」と聞いて、素直に信じるのは普通のことかもしれない。

「しかし、売り切れたとなれば、追加補充しないといけないじゃないか。いつまで待っても新しい本が入荷しないとなれば、客もおかしいと思うだろう」

荒木はにやっと笑った。

「現在、全国の書店数は一万五千店舗ありますから、千五百部の本は全国の書店に行き渡らないと言ってます」

牛河原は苦笑いした。それは牛河原自身もしょっちゅう使っている言い訳だったからだ。そう言うと、客はたいてい納得する。丸栄社の場合、基本的に初版部数は千だから、単純計算すると十五店舗に一冊しか配本されないことになるからだ。狼煙舎は表向き千五百部ということだから、単純計算して約十店舗に一冊ということになる。

「なるほどな。最初に撒いた分はほとんど売れてしまって、会社には今、在庫がほとんどないと言うんだな」

「そういうことです」

「でも、それだけ売れると増刷要求があるだろう」

「今、会社で重版を検討しているところですと言います。ここまで説明するとたいていの客が納得します」

牛河原は、うーんと唸った。さすがは元マルチ商法の親玉が社長のことだけはある。丸栄社よりもはるかに阿漕《あこぎ》だ。

「たいていの客と言ったが、納得しないのもいるんだな」

「どこの世界にもしつこい奴はいますよ。僕はまだお目にかかっていませんが、毎日、電話をかけてきて重版はまだか、重版はまだか、と催促する奴もいるみたいですよ」

「その時はどうするんだ」

「あまりしつこいと、重版します。たいていは五百部くらいからですが」

「本当に重版するのか」

「という報せをしています」

荒木の言葉に牛河原は笑った。

「印税はどうするんだ」

「払うみたいです。と言っても、もともと五パーセントですから、千円の本で一冊当たり五十円。だから五百部の増刷分でも二万五千円です。そのあたりは悪質クレーマー対策の必要経費と考えているみたいですね」

「どっちが悪質なんだか」

牛河原の言葉に荒木も笑った。

「さっきの話に戻すと」と牛河原が言った。「書店に回さないということは、製本した本は全部倉庫に直行だな」

「その倉庫も関東地区ではなくて、東北にあるんです。土地が安いから経費が浮きます」

「なるほどなあ、返品とか出庫とかの手間がないから、遠くても問題ないというわけか。それは安く上がるな」

「実際の本作りにしても、編集作業なんかはほとんどやりません。校正も社外のめちゃくちゃ安いのを使っていますから、出来上がった本は誤字脱字だらけです」

「編集と校正に関しては、うちもあまり偉そうには言えんけどな」

「そうですね」

「そうですね、とか言うな。多分、狼煙舎よりはマシなはずだ」

言いながら牛河原も笑ってしまった。

「狼煙舎は装丁なんかもひどいですよ。カバーデザインはデザイン専門学校の学生の作品をただ同然で使っていますし、写真なんかはネットの著作権フリーのやつを使っています」

「すごいなあ」牛河原は心底感心した顔をした。「そこまで徹底すると、むしろ天晴《あっぱ》れだ」

「それで浮いた金を新聞広告にばんばん使っています」

牛河原は、うーんと言って腕を組んだ。

敵はコストダウンの鬼だ。しかし広告費はどんと出す。やり方は極端だが、ある意味効果的な作戦だ。うかうかしていると、客をごっそりと持っていかれる。

「うちも狼煙舎みたいにやりますか」

「いや、それはダメだ」と牛河原は言った。「たしかにうちも詐欺まがいの商売をしている。しかし守るべき一線は守っている。それが丸栄社の誇りだ。客に嘘は言わん」

「駄作を名作とは言ってますが」

「それは主観だから嘘じゃない。名作と信じて、名作だと言えば嘘じゃない。売れると信じて、売れると思うと言えば嘘じゃない。世に出すべき作品と信じて言えば、嘘じゃない。出版にかかる費用に関しても、丸栄社全体の経費と考えれば決して嘘じゃない。会社というのは、社員のためにも利益を出す必要があるからな。それも大きな目で見れば経費に含まれる」

「たしかに、そういう意味では、丸栄社は詐欺はしていませんね」

「詐欺というのは、本人が騙されたと思った時に成り立つ犯罪だからな」

「なるほど」

「そこが殺人や強盗とは根本的に違うところだ。本人が喜んで納得している限り、詐欺罪は成り立たない――」

牛河原はそこまで言って、はっとしたように組んでいた腕をほどいた。

そして大きな声で「それだ！」と言った。

「は、何ですか？」

牛河原はにやりと笑って言った。

「狼煙舎を叩き潰《つぶ》す方法を見つけたかもしれんぞ」


翌日、牛河原は社長と重役、それに各部の要職を集めた緊急会議を開いた。

牛河原は会議が始まると、自らが考えた「狼煙舎対策」の作戦を発表した。その作戦とは、狼煙舎の顧客に狼煙舎を訴えさせるというものだった。狼煙舎が顧客に説明している「刷り部数」および「全国の書店に配本させる」という事実が虚偽であったということで損害賠償請求させるのだ。

「皆さんに配った資料に書いてあるように、狼煙舎は顧客に対して虚偽の説明をしている。私が弁護士に相談したところ、狼煙舎は損害賠償請求されたら、勝ち目がないということです。それどころか詐欺罪での立証も可能らしい」

何人かが、ほおっと声を上げた。

「複数の顧客が一斉に訴訟を起こせば、マスコミも注目する。もちろん、我々がそうした情報をマスコミに流します。そうすれば狼煙舎のやり口が広く知れ渡る。狼煙舎はあっという間に顧客を失うことになるでしょう」

「しかしそれは藪蛇《やぶへび》ということにもなりませんか」

江木が口を挟んだ。

「狼煙舎の客を減らすだけではなく、うちの客も減らしかねないんじゃないですか」

その言葉に、テーブルについていた多くの者が頷いた。

「たしかにその可能性はないとは言えない。しかし、毒をもって毒を制すやり方しか狼煙舎を倒す方法はない」

牛河原が断固とした口調で言った。

「でも、うちの営業にとってもマイナスになりますよ」

「それは一時的なものにすぎない。このまま狼煙舎を放置すると、それこそもっと危険な状況になる」

「お言葉ですが、牛河原部長——」と経理部長の正田《しようだ》が抗弁するように言った。「マスコミに広く知られたら、自費出版ビジネスは怪しい商売という印象が広まってしまうことになりませんか」

牛河原は小さく頷くと、「皆さん」と言って立ち上がった。

「実は少し前から、ネット上では、自費出版ビジネスに関しては良くない噂が広まっています。某巨大掲示板には、丸栄社の自費出版は詐欺まがいのものだという書き込みもあります。

この一年の契約成立率の低下には、狼煙舎の台頭だけでなく、そうした影響も少なくないと見ています」

「それじゃあ、狼煙舎の訴訟問題が大騒ぎになったら、余計に火に油を注ぐことになるんじゃないですか」

江木の言葉に、多くの者が賛意を示した。

しかし牛河原は少しも慌てずに答えた。

「我々はそれを逆に利用する」

「どういうことですか」誰かが訊いた。

「狼煙舎のやり口がひどいと世間に知れ渡った時、丸栄社はそれとは逆に、これだけ顧客のために頑張っているという情報をばんばん流すんだ。同じ自費出版ビジネスと言っても、これだけの違いがあるということを知ってもらえれば、うちにとってはプラスに転ずることになる」

会議室が一瞬静まり返った。

誰かが「そんなうまいことといきますかね」と小さな声でぼそっと言った。牛河原はそれにはかまわずに続けた。

「大手マスコミの記者にも、自費出版ビジネスについて詳しく知る者は少ない。いったい訴訟内容の何が問題なのか、よくわからない記者も多いはずだ。だから、もし訴訟が起これば、彼らは必ずうちに取材に来る。丸栄社の広報担当は記者たちに、正しい自費出版ビジネスを教えてやりながら、狼煙舎の問題点を説明してやればいい」

「うちに広報室なんてないよ」

「すでに設置の準備をしている」と牛河原は言った。「部長は私だ。もう名刺も作ってある」

会議室にどよめきと笑いが起こった。

「たしかに一時的には、自費出版ビジネスのマイナスイメージが広がって、うちも打撃は受けるだろう。しかし心配はいらない。本を出したいという人間は減らない。いや、これからの社会ではそういう人間はどんどん増えていく。たとえ一時的に客が減っても、長い目で見ればたいした問題ではない」

牛河原は熱弁をふるった。

「訴訟が起これば、それを契機にマスコミは正しい自費出版ビジネスと間違った自費出版ビジネスを報道してくれる。その結果、狼煙舎は潰れて、うちの一人勝ちとなる。そうなれば、一時的な損などはいつでも取り返せる」

一同は感心したように頷いた。

牛河原は作田の方を向いて、「社長、いかがですか」と訊いた。

「ええんとちゃうか」と作田は言った。「商売には、喧嘩《けんか》せなあかん時がある」

社長の一言で、もう誰からも反対意見は出なかった。

「ところで、訴訟を起こす人間はどこで見つけるのですか?」

江木が訊いた。

「一ヵ月前から狼煙舎に潜入させている荒木に、顧客名簿を持ち出してくるように命じている。そこから、それなりに社会的立場のある人間を何人か選ぶ」

「どうやって訴訟をさせます?　一般人にとって、裁判で争うというのはハードルが高いですよ。顧問弁護士なんていないだろうし、弁護士報酬も訴訟費用も用意しないといけないとなれば、たいていの人間が二の足を踏みますよ」

「そのあたりは、私に一つ考えがあります」牛河原は自信ありげに答えた。「ただ、少々金がかかります」

「金なんかなんぼかかってもかまわん」

作田が大きな声で言った。

「これは戦争や。牛ちゃん、徹底的にやったれ!」

牛河原はにやっと笑った。

8　怒れる男

藤巻正照《ふじまきまさてる》のいらいらは募《つの》るばかりだった。

念願だった本を出版して三ヵ月にもなろうとしているのに、まったく何の反響もないからだ。

献本した友人たちや親戚からは、受け取りましたという手紙やハガキが来ていたが、いずれも形ばかりの礼状で、藤巻が期待していた絶賛の文章が綴《つづ》られたものは一通もなかった。近所の人や古い友人たちからも、「本を読みましたよ」という声はまったくない。

こんなはずではなかった。あの本は出版された途端に評判を呼ぶべき本だ。あの本を読んだ人たちは感動し、それらはたちまちにして口コミとなって人から人へと広がっていくはずなのだ。そしてたまたま本を手に取った地元の新聞社の記者が、著者が同県に住むことに注目し、郷土の誇りとして地方版に取り上げるために取材する。その記事を見た人が書店に走り、本は次第に売れていく。やがて地元のＮＨＫが夕方のローカルニュースで取り上げ、一気にブームになる――。

そうなったら、石川県である本が話題になっていると全国紙の新聞社が取り上げることになるだろう。新聞の全国版に、本と共に石川県の元大学教授で市会議員も務めた地元の名士である著者も大々的に紹介される。週刊誌などにも本の書評が載る。

東京のテレビ局からも取材が入るかもしれない。コメンテーターは、本の内容を番組で紹介しながら、七十歳を過ぎてこれほどの知的な文化人が名もない地方都市に埋もれていたことに驚きを隠さないだろう。売れっ子の作家や文筆業者も顔負けのすごい書き手がいたことに、マスコミや出版業界は興奮を抑えきれないに違いない。「能登《のと》の隠れた碩学《せきがく》」という称号を与えられるかもしれない。

そうなればベストセラーは時間の問題だ。本はあっという間に増刷を繰り返し、十万部の壁もあっさりと超える。出版に要した百二十五万円などは軽く取り返してお釣りがくる。狼煙舎は十万部を超えると印税が十五パーセントになると言っていたが、まさかこれほど早くそうなるとは予想もしていなかったに違いない。

発売して三ヵ月も経った頃には、てんてこまいの忙しさになっているはずだった。

それなのに――だ。新聞社どころか、大学の元同僚や市会議員の元同僚からさえ、本を読んだよという連絡がない。いったいこれはどういうことだ。

いや、原因はわかっている。狼煙舎が大きく宣伝をしてくれないからだ。新聞広告さえも打ってくれない。現代はコマーシャルの時代だ。いかに優れたものがあっても、それを世に知らしめることをしなければ、そのまま消えていく。このおびただしい情報の洪水の中で、そうして消えていくものがどれほど多いことか――。情報社会におけるそうした状況は以前から気づいていたことだったが、いざ自分の本がその運命にさらされるとなると我慢がならなかった。

本は藤巻自身の生涯を綴った「自伝」だ。タイトルは『我が戦いに悔いなし！』だ。古稀《こき》を過ぎて自分の人生を振り返った時、これほど波瀾に満ちた生涯があったろうかと思った。

六十年安保闘争では国会の前で激しく機動隊と戦った。幸いにも逮捕は免《まぬか》れ、怪我一つしなかったが、あの時は死を覚悟した。その後、多くの同級生が民間会社に就職するのを見て、「お前たちは資本主義の手先になるのか！」と啖呵《たんか》を切り、就職せずに大学院に進んだ。あれも自分にとっては「戦い」だった。助手時代は教授とやり合った。二十歳も年上の教授に対して堂々と「間違っていると思います」という意見を吐いた助手は自分しかいない。研究室にいた女子大生などは憧れの目で自分を見ていたはずだ。同期の助手の中では助教授になるのが一番遅かったが、それは常に権力と戦い続けた自分の勲章だ。結局、母校では教授にはなれず、新設私大の教授となったが、これも反骨を貫き通したからだ。大学でも学部長になれなかったが、これも同様だ。

思えば本当に血の気の多い人生だった。四十歳の時、初めてアメリカに行った時、ホテルのフロント係が釣銭をごまかそうとしたのを見て、英語で怒鳴りつけ、支配人を呼びつけて怒ったことは、今、思い返しても痛快な思い出の一つだ。フロントにいたのは金髪の美女で、「単なるミステイクだ」と言い訳したが、わざとに決まっている。その証拠に、金を渡す前に「君は綺麗《きれい》だね」と褒めた時、不機嫌そうな顔をしたからだ。東洋人のちびにナンパされたと思い込み、不愉快になって、意地悪で釣銭をごまかしたに違いない。百九十センチもある大男の支配人が来た時は、正直に言えば少しびびったが、一緒にいた同僚の手前、臆するわけにはいかなかった。堂々と文句を言ってやったら、向こうが謝った。あの時同僚たちは目を丸くしていたが、自分の度胸に驚いていたのはたしかだ。

自伝にはそんな自分自身の「戦い」のエピソードがふんだんに入っている。そのすべてのエピソードには、ひ弱になった現代の日本人に活を入れるエネルギーが満ちている。もちろん、全体を通して読めば、藤巻が生きた社会と時代がありありと浮かび上がるようにもなっている。激動の時代を激しく戦って生きた一人のインテリの生涯が全百十ページにわたって生々しく描かれている実に稀有《けう》な本なのだ。これが評判にならないはずはない。

この本はきちんと世に知らしめることさえできれば確実に注目を集めるだろうし、ベストセラーになる。長年、多くの読書をしてきた自分がそう思うのだから間違いない。この本を書き上げた時、絶対に売れると確信した。そしてその確信は今も微塵《みじん》も揺らいでいない。

それなのに狼煙舎ときたら、何もしない。新聞広告を打つにはそれなりの金がかかることくらいはわかる。しかし本が売れれば、そんな金はたちどころに回収できるのだ。そのリスクを怖がっていては何もできないではないか。しかしいくら頼んでも狼煙舎は新聞広告を打ってくれなかった。

藤巻はもう狼煙舎に期待するのは諦めた。

彼が次に考えたのは、自分の本を有名人の目に触れさせることだった。テレビに出ているような文化人や学者が『我が戦いに悔いなし！』を読めば、その感動をどこかで語るはずだ。早速、狼煙舎から著者割引で購入した自著をそうした有名文化人に手紙付きで大量に送った。大手新聞や週刊誌の書評を担当している書評家にも送った。本には献本相手の名前と自分の署名を入れ、新しく作った落款《らっかん》も押した。

さらに藤巻自身がファンである女性タレントやモデルにも何冊も送った。彼女たちが番組で「すごく感動した本があります」と一言言ってくれたら、それだけで話題になるはずだと思ったからだ。タレントやモデルには、手紙のほかに自分の写真も同封しておいた。

しかし一ヵ月以上経っても、誰からも反応がなかった。最近では、一番のお気に入りだったグラビアアイドルの初雪《はつゆき》夏《なつ》美《み》をテレビで見ても、何やら裏切られたような気持ちがして、憎しみに似た感情さえ湧いてきた。

腹が立つことはまだあった。近所の書店に自分の本がまったく並んでいないのだ。小さな書店では仕方がないと思って、金沢の比較的大きな書店にも足を運んだが、そこにもなかった。

狼煙舎に電話してみると、予想外に売れていて、現在、多くの書店で売り切れ中だという。それを聞いて数日は大いに気を良くしたが、よく考えてみると、「そんなに売れてるなら、なぜすぐに重版しないのだ」という疑問が浮かんできた。それで、次の週、もう一度電話した。

狼煙舎の説明によると、書店は全国に一万五千店あり、千五百部の本なら十店舗に一冊しか配本されず、一冊売れたら、売り切れ状態になるということだった。たしかに千五百冊の本を全国四十七都道府県にばらまいたら、平均すると一つの県で約三十冊。しかも狼煙舎が言うには、大半の本が首都圏と関西圏に配本され、地方にはほとんど行き渡らないらしい。となると石川県には数冊くらいしか配本されていないのかもしれない。あるいは一、二冊という可能性もある。それでは地元新聞社の記者の目に止まる機会さえないではないか。

藤巻は狼煙舎に、「石川県に沢山配本してほしい」と電話したが、担当の者には「配本に関しては取次に任せているので、こちらでは対応しようがない」と言われた。仕方なく、藤巻は地元新聞社にも、署名入りの本を送った。本来なら地元紙みたいな小さなところに著者本人が自著を送るような真似はしたくなかったが、背に腹は代えられなかった。しかしこれまた一ヵ月以上経っても、まったく反応がなかった。

その頃になると、最初は出版を喜んでくれていた妻も、藤巻が本の話をすると露骨に嫌がるようになった。一度それで大喧嘩になった。妻が「本の自慢はもう十分」と言ったことがきっかけだった。それ以来、ますます本の話はしにくくなった。大阪に住む息子に電話しても、本の話をすると電話を切ろうとするようになった。近所の人も藤巻が本の話をすると、話題を逸らそうとした。

これが「嫉妬」というやつかと藤巻は思った。身近な人間でも焼きもちを焼くのだから、他人が素直に褒め称えてくれないのは当然かもしれない。しかし、それを突き抜けて「成功」すれば、逆に周囲の人は賞賛して近寄ってくる。世の中はそういうものだ。だからこそ、あの本で大々的に成功しなければならない。

翌週、狼煙舎にまた電話して売れ行きを聞いた。担当者は「順調に売れています」と言った。「狼煙舎の本ではすごくいい方です。近々、重版がかかるかもしれません」

しかし重版の報せは一向になかった。翌週、再び電話すると、「次の重版会議で、藤巻様の本が重版候補に挙がっています」という答えだったが、三週間経っても重版の報《しら》せはなかった。

「おい、どうなってるんだ」

発売して三ヵ月が経った頃、藤巻は担当編集者に電話して、少々きつい口調で言った。

「一向に重版がかからんじゃないか」

「すいません」と編集者は平謝りに言った。「現在、藤巻様の本は消化率が七割を超えていまして、発売三ヵ月でこの売れ行きならば、通常は重版がかかる数字です」

「それなら、なぜ重版しないのだ」

「実は、昨年の東日本大震災の影響なのです」

「何?」

「実は宮城県の石巻市に大きな製紙工場がございまして、そこが被災したものですから、書籍用の紙が足りなくなっているのです」

「石巻市の製紙工場か――そう言えば、そんなニュースを聞いた気もするな」

「そうなんですよ。それで私どもも苦労していまして」

「でも、三ヵ月前、僕の本はすぐに出たじゃないか」

「それには以前から弊社が保管していた紙を使いました。これは新刊用に優先しています。ですので、どうしても重版分は後回しになっているところがありまして――。実は藤巻様の御本《ごほん》よりも売れている御本も、そんな事情で今しばらく重版をお待ちいただいている状態なのです」

　東日本大震災なら仕方がない。しかし、とんだとばっちりだ。藤巻は不承不承《ふしょうぶしょう》ながら電話を切った。

　それにしても何というツキのなさだと思った。せっかくの素晴らしい本が紙の不足という理由だけで重版されないでいる。その代わりに狼煙舎は新刊を優先して、どうしようもないカスみたいな本を大量に出しているのだ。これはあまりにも理不尽だ。ビジネスとしても間違っているが、文化のためにも大きな誤りを犯している。本来なら、カスみたいな本の出版を遅らせてでも、自分の本の重版を急ぐべきなのだが、狼煙舎にはそういう理屈がわからないのだろう。

藤巻は初めて狼煙舎で本を出したことは失敗だったかもしれないと思い始めた。

船曳《ふなびき》という男から電話がかかってきたのは、藤巻が狼煙舎に電話した三日後だった。

「私は東京でフリーのルポライターをしております。実は藤巻先生の御本のことでお尋ねしたいことがありまして、お電話を差し上げた次第です」

「そーですか」

藤巻は初めての取材依頼で思わず声が裏返ってしまった。ようやく来たか、と思った。本のことで話したいことなら山のようにある。

「何でも訊《き》いてください。執筆の動機でも、本に書かれているエピソードのことについてでも、何でもかまいませんよ。実はあの本にはページの関係で割愛しなくてはならなかった部分も沢山《たくさん》ありましてね。たとえば――」

「実はですね」と船曳は言葉を遮るように言った。「私は今、狼煙舎について調べております」

「狼煙舎？　狼煙舎がどうかしたのか」

「狼煙舎は今、出版業界でいろいろと良くない噂があります」

「どんな噂なんだ」

「自費出版ビジネスで、詐欺商法のようなことをしているのではないかというものです」

「本当か――」

船曳はすぐには答えなかった。

「どんな詐欺商法なんだ」

藤巻は聞きながら、嫌な予感がしてきた。

「実態は調査中なのですが――」と船曳は言葉を選ぶようにゆっくりと言った。「本を刷ると言っておきながら、実際には刷ってないという話らしいです」

「いや、それはない。ちゃんと刷っている。私は著者贈呈分の十冊をたしかにもらっている」

他に著者割引で二百冊も購入していたことは黙っていた。

「いや、もちろん刷るには刷ってはいます。ただ客には千五百部刷ると言って、実際には五百部しか刷っていないという話を聞いています」

「まさか、そんな――」

藤巻はそう言いながら、下腹部あたりに嫌な感触を覚えた。

「また私どもの調べによりますと、狼煙舎は客に全国の書店に配本すると言いながら、ほとんど配本してないらしいのです」

背中に冷たい汗が滲《にじ》んでくるのがわかった。

「それは――本当かね」

「都内のいくつかの大手書店チェーンに直接取材すると、狼煙舎の本はまったく入っていなかったことがわかりました」

電話を持つ手が震えてきた。

「狼煙舎は著者から、書店に本がないと言われると、すでに売り切れていると答えるらしいのですが、最初から入ってない本が売れるわけがないですよね。著者は全国一万五千店舗には最初から全部は行き渡らないという説明をされて納得させられるのですが、このやり方は実に巧妙ですね。さらに著者に、売れているなら増刷しろと言われると、東日本大震災で紙が足りないから増刷できないと答えているというんですね。もしもし、もしもし――藤巻先生」


藤巻が船曳と会ったのは電話があった次の週だった。最初はその週の週末に会う約束をしていたが、藤巻が熱を出して寝込んでしまい、翌週に変更したのだった。

船曳は東京からはるばる石川県の自宅まで訪ねてくれた。お土産まで持参してくれた船曳に藤巻は好意を持った。年齢は三十歳くらいだったが、若いのにしっかりしていると思った。

藤巻は船曳を自宅応接室に招いて話を聞いた。船曳は狼煙舎の商売のやり方を説明してくれた。それによると、狼煙舎は新聞広告に「文学賞」を大々的に広告し、原稿を集めると、一人一人に電話して、出版費用を著者と出版社が互いに負担するという方法で本を出さないかと、言葉巧みに勧誘するのだという。

藤巻は聞いていて、怒りで頭の血管がぶち切れそうになった。まさしく自分のケースに当てはまったからだ。あの時、電話してきた編集者は「これほど素晴らしい原稿に出会ったことはありません。これは編集者生命を懸けてでも出版したいと思っています」と言った。あの言葉が嘘だったとは信じられない。その後も彼は電話するたびに作品を絶賛してくれた。藤巻は孫娘がいれば彼に嫁がせたいと思ったくらいだった。あの言葉がすべて嘘だったとは――。

「一つお尋ねしたいのだが、船曳君は私の本を読んだのか」

と藤巻はおそるおそる訊いた。

「拝読いたしました」

「その、なんだ――印象というか、どんな感想を持った」

「素晴らしい御本だと思いました」

藤巻はソファーにもたれて、ほっとため息をついた。狼煙舎の編集者の言葉は嘘ではなかったのだ。

「怒りというテーマで、現代社会の抱える様々な矛盾や問題を鋭く突いた素晴らしい自伝になっていると思いました」

「おお、わかってくれるか」

藤巻は思わず体を乗り出してテーブルに置いていた船曳の手を握ろうとしたが、船曳はさりげなく手を引いた。

「あの本を読めば誰でもわかりますよ」と船曳は言った。「ですから、私が許せないなと思ったのは、これほどの素晴らしい内容の本を、詐欺商法の対象にしたことです」

藤巻は頷《うなず》いた。

「狼煙舎がこの本をまともに出版しようとしなかったことはカバーを見ても明らかです」

船曳はそう言いながら鞄から『我が戦いに悔いなし！』を取り出し、テーブルの上に置いた。

「正直に申し上げまして、このカバーはいくらなんでもひどいと思いました」

藤巻はこれまでにもさんざん見てきた自著のカバーをあらためて眺めた。老人が杖を振り回して暴れているイラストだ。目は吊り上がり、頭からは湯気が立っている。まるで子供の落書きのような絵だった。初めてこの表紙を見た時は藤巻もショックを受けた。何とかならないのかと編集者に言うと、「社内でも評判のカバーです」と彼は答えた。そしてこう付け加えた。「内容のインパクトをそのまま伝えた、いい表紙だと編集長にも絶賛されました。

書店で目立つのは間違いありません。実際にあるカリスマ書店員にも聞いてみましたが、これは売れる本の顔をしていると言っていました」

　藤巻はそういうものなのかと思い納得したが、今、船曳にはっきりと「ひどい表紙だ」と言われて、自分の第一印象は間違ってなかったと思った。

「これはプロのイラストではありません。おそらく学生のアルバイトか、あるいは社内で誰かが適当に描いた絵かもしれません」

　藤巻はポケットから血圧を下げる薬を取り出して飲んだ。落ち着け、と自分に言い聞かせた。

「こんなひどいイラストにするということは、狼煙舎がこの本を本気で売ろうという気がないという証拠です」

　藤巻は黙って頷いた。その時、また自著のカバーが目に入った。藤巻は不愉快になり、それを裏返した。すると裏表紙のでっかいげんこつの絵が現れた。よく見ると、げんこつのデッサンがずれている。

「たしかに世の中には出版する価値のない本が溢《あふ》れています」と船曳は言った。「大手出版社でプロの書き手が書いたものでも、ろくなものはありません。まして自費出版してでも本を出したいなんて考えるような人にまともな本が書けることはまずないでしょう」

「その通りだよ、船曳君」

「狼煙舎はそういう人を相手に詐欺ビジネスを思いついたのです」

「許せないな」藤巻は言った。「しかし、本来は出版などとてもできないレベルの本を書きながら、それがわかっていない書き手の方にも問題はある」

「おっしゃる通りです。ですから、不運にも藤巻先生の御本がそういう低レベルな本と同じように扱われてしまったのです。藤巻先生の原稿を読んだ担当者はごみの中にあるダイヤモンドのような先生の原稿の価値がわからず、他の客の原稿と同じように扱ったのでしょう」

藤巻は怒りで相槌《あいづち》さえ打てなかった。

「私どもは狼煙舎のあくどいビジネスのやり方を世に知らしめたいと考えています。本を出したいという善良な人々を騙すような手口は許せません。またそのような商売があるからこそ、今回の藤巻先生のような素晴らしい原稿が世に埋もれてしまうことにもなるのです」

「もし、狼煙舎のやってることが船曳君の言う通りなら、許せん」

「そのお気持ちはわかります。今回、私が取材した何人かは狼煙舎を訴えると言っていました。弁護士を紹介してくれないかと頼まれたので、私も取材を受けていただいた関係上、出版関係の訴訟に強い知り合いの弁護士を紹介しましたが、その弁護士の言うところによれば、訴訟は百パーセント勝てるだろうということです」

「そうなのか」

「ええ、ですから今、被害者が複数で訴訟を起こす準備をしています。ただ、私はルポライターとして、法廷ではなく社会的な制裁を加えていきたいと考えておりますので、訴訟には関与しない方針ですが」

「私にもその弁護士を紹介してくれないか」

「えっ?」船曳が言った。「藤巻先生も訴訟に加わられますか」

「いや、訴訟するかどうかは別にして、弁護士に相談したい」

「もし、藤巻先生のような社会的地位の高い方が原告に加わったとなれば、注目度が一気に上がりますね。テレビ局や大手新聞も取り上げるでしょう」

「そうなのか」

「もちろんです。それに藤巻先生の御本にも注目が集まるでしょうし、こんな素晴らしい原稿まで汚いビジネスの被害にあったとなれば、世論を大きな味方につけることになるでしょうね」

「うん」と藤巻は大きく頷いた。「私も訴訟を前向きに考えてみたい」

「弁護士の先生は喜ぶと思いますね。早速、連絡を取ってみます」

「よろしく頼む」

船曳が帰った後、藤巻は自分が大きな転機を迎えつつあるのに気づいた。

船曳という男はまさしく福の神だと思った。行き詰まっていた状況を一気に打開する手立てを持ってきてくれた。もし自分が訴訟団に加われば、たしかに話題になる。主婦や学生とは違う。元大学教授で元市会議員だ。しかも原稿は素晴らしい。

まったく予想もしていなかったことだが、この訴訟によって『我が戦いに悔いなし！』はがぜん注目されることになるのは間違いない。狼煙舎とは袂《たもと》を分かつわけだから、おそらく他の出版社で出し直すことになるだろう。あの本をめぐって大手出版社は争奪戦を繰り広げるかもしれない。

ようやくにして運がめぐって来た。ずいぶん回り道をしたが、これも考えようによっては必要なものだったのかもしれん。大きくジャンプするためには、しゃがむことも大事だ。むしろとんとん拍子の成功よりも価値が高い。

それにしても許せないのは狼煙舎だ。編集者の言葉を思い出すと、血圧が上がって全身が震えてくる。絶対に許せることではない。賠償請求で思い切りふんだくってやる。正義の鉄槌を与えて、会社を潰してやる。これが自分にとって、生涯最後の、そして最大の戦いになるだろう。

よーし、やってやる。たとえこの戦いで命が尽きようとも、「我が戦いに悔いなし！」だ――。

9
脚光

「広報部長の牛河原です」

Ａ応接室で牛河原は「広報部長」と書かれた名刺を出しながら挨拶した。

「ＪＷＢテレビの高木《たかぎ》と申します。本日はよろしくお願いいたします」

牛河原が受け取った名刺には情報番組のディレクターと書かれていた。高木は三十歳を過ぎた感じのラフな服装をした男だった。彼の後ろにはカメラマンとその助手がいた。

「どうぞ、お座りください」

高木はソファーに座ったが、二人のカメラマンは撮影前の照明やカメラのセッティングを開始した。

「お電話でお伺いした内容をお話ししていただいてよろしいですか」

高木が言った。

「何でもお聞きください。この業界の浄化のためなら、包み隠さずお話ししましょう」

照明のセッティングが終わると、カメラマンが牛河原の背広の襟《えり》にピンマイクをつけた。

「私はカメラには映りませんが、私の方を向いて話してくだされば結構です」と高木が言った。

「それでは早速インタビューに入らせていただいてよろしいでしょうか」

「わかりました」

「どうぞ」

直後にカメラが回った。

高木は一つ小さな咳払《せきばら》いをしてから、口を開いた。

「丸栄社も自費出版の本を多く出されている出版社ですね」

「私ども丸栄社は基本的には自費出版はいたしておりません。ただ、著者と協力し合って本を出していくジョイント・プレスという方式を採ることはあります」

「それは自費出版とは違うのですね」

「まったく違います」牛河原は強い口調で言った。「これはほとんど普通の出版、いわゆる商業出版と言われるものと同じです。出版に際しては丸栄社は常にリスクを背負い、売れなければ赤字になります。しかし昨今の出版不況により、リスクを考えると出版できない本が出てきます。世に問いたいが、それが難しい。しかし、そのリスクの何割かを著者の方にご負担いただく形を取ることで、出版が可能になります。それが丸栄社のジョイント・プレス方式です。自費出版とは根本的に違います」

高木は軽く頷《うなず》いた。牛河原はコメントの中に、意識的に「丸栄社」という言葉を頻繁に挿《はさ》みこんだ。

「牛河原さんは狼煙舎が四人の著者の方に訴えられているニュースはご存じですか」

「もちろん、存じております」

「それをお聞きになってどう思われましたか」

「非常に驚きましたね。最初は著者と出版社の間で誤解、というか行き違いのようなものが生じたのだろうと思っていましたが、週刊誌などで報じられた記事を見ますと、どうやらそうではないようですね。我々、丸栄社の常識では考えられません」

「常識では考えられない部分とは何ですか」

「全国の書店に配本していないというのはちょっと信じられないことなんですが、この記事の内容は本当のことですか」

「我々の調べたところでも、どうやら事実のようです」

牛河原は目を瞑《つむ》って大きくため息をつくと、力なく首を横に振った。

「まったく考えられません——それは著者に対する明白な裏切りであり、同時に本に対する冒瀆《ぼうとく》です。いや出版文化そのものに対する侮辱でしょう。丸栄社に限らず、本来、出版社というものは、この本を一人でも多くの人に届けたい、という思いで本作りをするものです。それが出版人の精神です」

「我々の調べによりますと、狼煙舎は著者に千五百部刷るという契約書を交わしながら、実際には五百部しか刷っていないということも明らかになりました」

その情報は牛河原自身が船曳を通じて各マスコミに流したものだ。

「信じられません。本当ですか」

「はい、間違いありません。実際の印刷所との契約書の写しを入手しました」

牛河原は驚いた表情を作りながら、さすがはテレビ局だと思った。調査能力はうちよりはるかに上だ。この調子でどんどん調べてくれ！

「お話を聞いていると、狼煙舎のやってることは詐欺に近いですね」と牛河原は言った。「契約した部数は刷る、全国の書店に配本する、約束を守るということはビジネスにおいても人間関係においても当然のことです」

聞き役の高木は頷いた。

「たしかに配本については取次に任せているので、我々も全国のどこの書店に配本されているかは実態が摑《つか》みにくいところはあります。そこで独自に全国の五百六十七店舗の書店と契約して、我が社の本を常時置いてもらっています」

高木は感心したように大きく頷いた。牛河原はそのリアクションを見て、今のセリフはオンエアに使ってもらえるなと思った。実際は東京と大阪を中心とした百十七店舗だったが、どうせテレビ局は地方の書店のことなどわかるはずがないし、ウラを取ったりはしないだろうと踏んでいた。

「同じ出版社から見て、狼煙舎の行いはどうですか？」

「同業者だからこそ敢えてきつい言い方をさせてもらいますが、狼煙舎は絶対にやってはいけない、出版社の風上にも置けないことをしました。同じ出版に携わる者として許せません。世間では一様に自費出版ビジネスと呼んでいるようですが、狼煙舎と丸栄社では根本的な思想もビジネスの方法もまるで違います。これは本を文化として捉《とら》えているか、商売として捉えているかの違いです」

「同じ自費出版ビジネスと呼ばれるものでも、ひとくくりにはできないということですね」

「丸栄社が目指してきたものと、狼煙舎がやったことは、対極にあります」

「なるほど、よくわかりました。今日はお忙しいところを、いろいろと貴重なお話をお聞かせいただき、ありがとうございました」

「こちらこそ、ありがとうございました」

高木は軽く頷くと、カメラマンの方を向いて「オーケーです」と言った。カメラマンは撮影を止めた。牛河原はふうーと大きな息を吐いた。テレビカメラの前で喋るのはやはり緊張する。

「やっぱり、同じ自費出版の会社から見ても、狼煙舎はひどいんですね」

カメラマンがライトを片付けている間、高木が言った。

「いや、先程もご説明しましたが、自費出版とジョイント・プレスは違うんですよ」

「失礼しました」

「正直に申しまして、狼煙舎がまさかここまであくどいことをやっているとは知りませんでした。本当なんですか」

「我々の調べたところでは、校正などもひどいようです」

「と、言いますと？」

「我々が入手した狼煙舎の本をランダムに選んだ十冊から誤字を探したのですが、平均すると一冊につき三十七の誤字が出ました」

牛河原は大袈裟《おおげさ》にため息をついた。

「たしかにどんなに頑張って校正しても、誤字は出ます。しかし一冊に二桁以上も誤字が出るというのは完全な手抜きです。考えられません」

「はい。実はその証言は別の出版社からもいただいています」

牛河原は頷きながら、これはなかなか力の入った取材だなと思った。

「高木さん」と牛河原は言った。「うちと狼煙舎は違うということをしっかりと番組の中で打ち出してほしいのですが。あんな会社と一緒にされたのでは、真面目にやってきた私たちもたまりませんし、何よりも著者の皆さんに申し訳が立ちません」

「もちろんです。今日の取材でよくわかりました」

牛河原はあらためて深く頭を下げた。

「ここだけの話、うちはジョイント・プレス方式ではほとんど利益が出ていないのが実情です。営業の一部からはやめろという声も出ていますが、うちとしては文化事業として頑張りたいと思っているんです。本は何も有名作家や著名人しか出せないものじゃない。そんなのは悲しいじゃないですか。無名の人が書いたものの中にも出すべき本があると思うんです」

「わかります」

「それだけに、狼煙舎の話を聞くと、非常に悲しい思いがします」

牛河原はそう言って項垂《うなだ》れた。

「いや、今日はありがとうございました」高木がそう言って立ち上がった。「この放送は明後日に放送します。ニュース・シックスの中の『特集エッジ』というコーナーで、時間は六時半くらいになると思います」

「拝見します」


高木たちを玄関で見送った後、牛河原は荒木の携帯に電話した。呼び出し音が何回も鳴ったが、荒木は出なかった。十分後に荒木から電話がかかってきた。

「すいません。社内ではさすがに電話に出られなくて」

「気にするな」と牛河原は言った。「今、ＪＷＢテレビから取材があった。明後日の放送らしい。そっちはどうだ?」

「連日、大変な騒ぎですよ。三日前に『週刊デスク』の記事が載ってから、一日中、会社の電話が鳴りっぱなしで、仕事になりませんよ」

「取材の申し込みか?」

「それもありますが、著者からの電話がすごいです。あの記事は本当か、本をちゃんと刷ってないのか、書店に並んでないのか、という問い合わせが大半ですが、キャンセルも相当出ましたね。そっちはどうですか?」

「うちも『週刊デスク』の記事が出てから、同じような問い合わせがかなりあったよ。キャンセルも若干出たが、それは織り込み済みだ。明後日のテレビのニュースで、事態は好転に向かうはずだ」

「そのニュースの後、狼煙舎の電話はパンクするでしょうけどね」

「今から休暇を取っておけ」

荒木は苦笑しながら「そうします」と言った。

「狼煙舎の社長はどうしてる」

「この二日間、会社には来ていませんね。噂では弁護士と打ち合わせしているらしいです」

牛河原はもう遅いと心の中でほくそ笑んだ。狼煙舎は自社ビルを買ったばかりらしいが、会社倒産で多額の負債を背負うことになるだろう。

「お前が丸栄社に戻る日も、そう遠くないぞ」

「すぐにでも戻りたいんですが」

「どうせなら、狼煙舎が潰れるまでいろ。勤めている会社が倒産するなんて、なかなか貴重な体験だぞ」

「わかりました、そうします」

＊　＊　＊

藤巻正照は、朝から気持ちの昂《たかぶ》りを抑えることができなかった。そのために血圧を下げる薬を何度も飲まなければならなかった。

この日はテレビに映る。七十年の人生で生まれて初めてテレビに出るのだ。しかも全国ネットだ。視聴率は十パーセントと言っていたので、日本全国で一千万人以上の人が自分を観ることになる。これはとんでもないことだ。藤巻家始まって以来の大事件だ。すでに親戚や近所の人には知らせてある。死んだ両親に見せてやれなかったのが悔しい。

番組開始の一時間も前からDVDに録画を開始した。妻が早すぎると言ったが朝からJWBテレビの全部の番組を録画したいくらいだった。藤巻正照がテレビ出演する記念すべき一日、そのすべてを録画してこそ素晴らしいドキュメントになると思っていたからだ。しかし妻に反対されてしぶしぶやめた。

六時になって「ニュース・シックス」が始まると、心臓がばくばくしだし、血圧がどんどん上がってくるのがわかった。藤巻は震える指で薬を飲んだ。やがて六時半になり、キャスターが「ＣＭの後は『特集エッジ』です」と言った時は、興奮のピークだった。十日前にテレビの取材を受けると言った時は大反対した妻も、明らかに興奮状態だった。

やがてＣＭが終わり、音楽と同時に「特集エッジ」という文字が画面に浮かんだ。スタジオのキャスターが「自費出版ビジネスをめぐるトラブルが起こっています」と言って、ＶＴＲが流れた。まず狼煙舎の訴訟の話が映像とナレーションで短く紹介された後、いきなり藤巻が現れた。

「あ、おじいちゃん！」と妻が叫んだ。

「うるさい。黙ってろ！」

と藤巻が叫んだ。妻は慌てて口を噤《つぐ》んだ。

画面の中では、藤巻が自宅の居間でテレビカメラに向かって、狼煙舎に対する怒りを激しくぶつけている。

藤巻はその姿を見ながら、半ば陶然《とうぜん》としてきた。何という雄々しい姿だ。これこそ正義の怒りに満ちた戦う男の姿だ。今この時、日本中で一千万人を超える人たちが、この姿を見ているのだ。そして多くの人が自分に共感し、義憤《ぎふん》にかられ、エールを送るだろう。

ついに自分はスターになった――。

牛河原は編集部の部屋の隅のソファーに座って鼻くそをほじりながら、テレビを見ていた。狼煙舎に騙《だま》された、とカメラに向かって憤る石川県に住む元大学教授の老人の怒りのパワーは凄《すさ》まじく、ハゲ頭から湯気が立っているように見えた。次に出てきたのは、いかにも有閑マダム然とした中年女だった。元大学教授に負けず劣らずヒステリックにわめきたてている。原告の残りの二人は出てこなかったが、元大学教授と有閑マダムが狼煙舎を激しく糾弾する姿は強烈な印象を与えた。

牛河原は、さすがは船曳だと思った。話に聞いていた以上にいいキャラクターを見つけてきた。しかもうまいこと彼らの怒りの火に油を注いでいる。

船曳は牛河原がかつて夏波書房に勤務していた時によく使っていたフリーランスの記者だ。今回はギャラをはずんで、原告となる人物を何人かピックアップしてくれと頼んだ。荒木が持ち出した狼煙舎の顧客リストも渡していた。船曳はまさにお誂《あつら》え向《む》きの原告を見つけてきた。彼にはボーナスを上乗せしないといかんなと思った。

原告が怒っているシーンが終わると、次はイメージ映像に合わせて、実際に狼煙舎が原告の言うように書店に本を置いていなかった事実がナレーションで説明された。そして消費者相談センターの関係者が「これが本当なら詐欺にあたる」と言うシーンが流れ、最後に丸栄社の牛河原が登場した。牛河原のコメントは、同じ出版社として許せないというセリフが編集されて使われており、丸栄社と狼煙舎の違いを簡潔に説明していた。牛河原が喋っているシーンは時間にすると一分弱だったが、丸栄社と狼煙舎の対照的な違いが強く印象付けられる編集になっていた。

特集VTR全体は十分近かった。スタジオに戻ると、キャスターがしたり顔で、「出版をめぐる世界にも怪しいものがあるようです。消費者は十分気をつけたいものですね」と当たりさわりのない締めのコメントを発し、お天気のコーナーに移った。

「よし」

牛河原は小さく呟《つぶや》いて、テレビを切った。

テレビでニュースが流れた翌日から藤巻正照のもとには取材依頼が殺到した。まず地元の新聞とラジオ局とローカルテレビ局から、それに全国誌の週刊誌からもインタビューの申し込みがあった。

取材はすべて受け、そのたびに狼煙舎の汚いやり口を訴えた。その際は自著の宣伝も付け加えることも忘れなかった。

藤巻はマスコミの影響力のすごさをあらためて思い知らされた。古い友人や音信のなかった元同僚から「テレビを見た」とか「記事を見た」という連絡が頻繁《ひんぱん》にあった。一般の見知らぬ人からどうして電話番号を調べたのか、「本を読みたいのですが、どこに行けば手に入りますか」という問い合わせもたまにあった。電車に乗っていると、乗客から「テレビに出ておられましたね」と声をかけられることもあった。

藤巻は自分が有名人の仲間入りをしたのがわかった。脚光を浴びるということがこれほど素晴らしいものだったとは。七十年の人生でその快感を初めて知った。

裁判の行方に関してはまったく心配していなかった。狼煙舎の詐欺商法の証拠は次々に出てきたし、弁護士は「裁判はまず勝てる」と言っていた。おそらく完全勝訴で終わるだろう。それは自分の人生を飾る輝かしい勝利になる。

藤巻は狼煙舎との戦いの顚末《てんまつ》を本にするつもりだった。それはまさに息詰まるドキュメントになる。詐欺まがいの商法に騙されて一時は失意に沈んだ男が、不屈の精神で立ち上がり、敢然と巨大出版社に挑む戦いの軌跡を綴《つづ》ったノンフィクションだ。

一連の報道で、藤巻正照の名前と狼煙舎をめぐる戦いは世間に大いに知られた。多くの人が注目するこの事件を当事者である本人が書き下ろした本が話題にならないはずはない。他社に版権を移した『我が戦いに悔いなし！』とともに、二冊の本は空前のベストセラーになるだろう。

藤巻は喜びのあまり、自分の血圧が上がってくるのを感じ、ポケットから慌てて薬を取り出して飲んだ。

10 カモ

「戻って参りました」

恐縮しながら挨拶する荒木に、編集部にいた何人かが笑った。

「せっかく丸栄社を飛び出して、今をときめく狼煙舎に転職したのに、会社が倒産するとは、お前もついてなかったな」

牛河原の言葉に荒木が頭を掻《か》いた。

「すいません。もう一度拾ってやってください」

「我が社は寛容な会社だから、いつでも受け入れる。また丸栄社で力を発揮してくれ」

「よろしくお願いいたします」

部屋にいた全員が拍手した。荒木が牛河原の命を受けてスパイとして狼煙舎に忍び込んでいたことは部の誰も知らない。敵を欺くには味方からという言葉を徹底して実践したのだ。

狼煙舎に対する訴訟は結局、狼煙舎と四人の原告が和解して終わった。しかし和解するまでの三ヵ月間にテレビや週刊誌で何度も取り上げられたことが大きく影響し、狼煙舎は大幅に顧客を失った。訴えられる前の月には百五十六点もの本を出版していたのに、訴訟問題が報じられた月には出版点数は四十一点となり、さらに翌月はわずかに十六点と激減し、その翌月はなんと五点しか出版できなかった。そして次の月、二度目の不渡りを出して倒産した。

「あっけなかったな」

牛河原は手羽先をかじりながら言った。久しぶりにいつもの居酒屋で、荒木をねぎらうための二人だけの宴会だった。

「そうですね。たった一度の訴訟で、わずか四ヵ月で潰《つぶ》れるんですから、土台がなってなかったんですね」

「会社が潰れていく様子を目の当たりにしてどうだった」

「なかなか面白かったですよ」と荒木は言った。「まさしく沈没する船からネズミが逃げていく感じでした。もともと狼煙舎は基本給がほとんどなく契約成立の歩合給《ぶあい》ですから、すさまじい勢いで社員が辞めていきましたよ。ひどい時は毎日何人かが辞めていくんですから、すごかったですよ。一緒に昼飯食いながら『いつ、辞める?』なんて喋ってた奴が、会社に戻った途端、辞表書いて辞めているんですからね。それを聞いて『本当か、あいつ辞めたのか』と言ってた奴が、夕方には辞めていたなんてこともありました」

牛河原は腹を抱えて笑った。

「でも、これで厄介なライバルも消えましたね」

「これからは商売は楽になるな——と言いたいところだが、そういうわけにもいかん」

「と言いますと?」

「最近は大手出版社も乗り出してきたんだ。『週刊潮吹《しおふき》』とか『週刊夏波』までが、『当社で本を出しませんか』という広告を打ち始めた」

「えー」

「奴らも出版不況で背に腹は代えられんということかもしれんが、文芸出版社としての誇りはないのかと思うな」

「本当ですね」

「しかし老舗《しにせ》出版社という看板が逆に足枷《あしかせ》になると俺は見ている。なまじブランド名があるから、丸栄社みたいにどんな原稿でも本にするという荒技は使えないだろう」

「じゃあ、どうするんですか?」

「おそらく微妙に社の名前を変えた子会社名義で出版するはずだ」

「じゃあ、それほどは怖くはないですね」

「そうは言っても、老舗出版社の看板は強い。あいつらは自社の週刊誌を使って宣伝してくるだろうから、かなり客を食われるのは間違いない。これからまた厄介な敵になってくるだろう」

荒木は顔を曇らせて頷《うなず》いた。

「まあしかし、それほど心配することはない。本を出したい連中は、今後もどんどん増えていくだろうし、カモは永久に湧き続ける。多分、今一番心配しているのは国会図書館だろうぜ。増え続けるクズ本の山に、必死で増築中らしいからな」

牛河原の言葉に、荒木は声を上げて笑った。

「ところで、荒木は狼煙舎で学んだことはあったか」

「世の中には、本を出すことで自己顕示欲を満足させたい人間がこれほど多かったのかと、あらためて思いました」

牛河原はおかしそうに笑った。

「それはプロも同じだ。プロの作家と丸栄社で本を出す人間は一見、対極的に見えるが、実は根っこは一緒だ。違いは、上手いか下手かというだけだ。でも本当のところは、その境線さえもはっきりしない」

荒木は頷いた。

「前にも言ったが、プロの作家でも大半が作家だけでは食っていけない。本職が別にあったり、主婦だったり、あるいはアルバイトをしたり、嫁さんに働いてもらったりして書いている。要するに時間と金を犠牲にして本を出してるわけだが、突き詰めれば、そこには丸栄社で金を出して本を出す人間と、本質的な違いはないとも言える」

「そんな気がしますね」

その時、牛河原の席に、駆け寄る者がいた。

「牛河原部長」

その声に振り返ると、飯島杏子がいた。

「どうした、深刻な顔をして」

牛河原は枝豆をつまみながら言った。

「前に言っていたおばあさんの本のこと、覚えています?」

「ああ、じいさんの思い出話を書いたやつだな」

「あれを丸栄文庫で出してくれませんか」

牛河原は飯島の顔を見た。思いつめたような表情だった。

「文庫にしたところで、七、八十万はかかるぞ。わずかな年金暮らしのばあさんにはきつい金だ」

「この本に限り、うちの儲けはなしということではダメでしょうか」

「ダメだ!」

牛河原は怒鳴るように言った。

「うちはたしかに夢を売る出版社だ。しかし夢はただじゃない。現代では夢を見るには金がいるんだ」

「でも――」

「でももくそもあるか。海外旅行に行くのも金がかかる。いい服を着るのも金がかかる。おいしいものを食うのも金がかかるんだ」金のかからない夢は布団の中でしか見られないんだ」

飯島は、小さな声で、はいと言った。

「わかったら、とっとと帰れ。せっかくの美味《うま》いビールがまずくなる。なあ、荒木」

荒木は急にふられてどう答えていいかわからず、困ったような苦笑いを浮かべた。

牛河原は飯島に背を向けると、勢いよく生ビールを喉に流し込んだ。しかし飯島は帰らなかった。

牛河原はもう一度振り返ると、「いい加減にしろよ」といらいらした声で言った。

「なんで、そこまでその本を出したいんだ。可哀相なばあさんに同情か」

「違います」

「じゃあ、何だ。ちゃんと理由を言ってみろ」

牛河原は手羽先をかじりながら言った。

「あの本は本当に素晴らしい本なんです」

飯島の言葉に、牛河原はかじりかけの手羽先を皿の上に置いた。それから椅子ごと身体をずらして飯島の方に向き直った。

「素晴らしい本だと？　ばあさんの手記がか」

「はい」

飯島は震える声で言った。

「あれから何度も読み返しました。そのたびに、感動するんです。貧しい中で一所懸命に支え合って暮らして、お互いを大切に大切にして生きてきた二人の生き方が――」

飯島はそこで言葉を詰まらせた。そしてぽろぽろと涙をこぼした。牛河原は黙ってそれを見ていた。

「今、ここに原稿を持っています。牛河原部長にも是非読んでもらいたいんです」

飯島は肩に提げていた鞄から原稿を取り出そうとした。

「俺は読まない」牛河原は言った。「原稿を取り出す必要もない」

飯島はがっくりと肩を落とした。

「飯島」と牛河原は言った。「俺が昔、夏波書房の編集長だったのは知ってるな」

飯島は頷いた。

「大手出版社というところは、乱暴に言えば、本を出すノルマみたいなものがある。だから、いつのまにか機械的に本を出すようになる。会社の都合で、誰にも求められない本が生まれては消えていくんだ。本が売れなくなった理由にはそれもある。で、俺はもう売れないとわかっている本は出さないことに決めた」

牛河原は静かな声で言った。

「だがな——俺は夏波書房の編集長時代、部下の編集者がどうしてもこれを出したい、何が何でも出したい、そう言ってきた本なら、必ず出した。それが俺の編集長としての矜持《きようじ》だった」

飯島ははっとしたように顔を上げた。

「そのばあさんの本は、丸栄社が全額出して出版しよう」

飯島は口をぽかんと開けたまま、返事もできないでいた。荒木もまた呆然《ぼうぜん》と牛河原を見つめていた。

「うちも出版社だ。編集者が本当にいい原稿だと心から信じるものなら、出す。そして出す限りは必ず売る！」

「——部長」

飯島はそう言ったが、あとは言葉にならなかった。

「細かい話はまた明日だ。とっとと帰れ」

牛河原はそう言うと、椅子を元に戻した。

「じゃあ、原稿を置いておきます。あとで読んでください」

飯島は流れる涙を拭《ぬぐ》いもせずに、原稿用紙の入っている封筒を牛河原に差し出した。

しかし牛河原はそれを手で押し返すと、鼻くそをほじりながら言った。

「とっくに読んでいる。いい原稿だった」

本書は書き下ろしです。

百田尚樹（ひゃくた・なおき）

1956年、大阪生まれ。同志社大学中退。
放送作家として「探偵！ ナイトスクープ」など 多数の番組構成を手がける。
2006年、『永遠の0（ゼロ）』（太田出版）で作家デビュー。
同作は文庫化され、300万部を超えるベストセラーとなる。
他の著書に、『海賊とよばれた男』『モンスター』『影法師』『ボックス！』
『風の中のマリア』『幸福な生活』など。
一作ごとにまったく異なるジャンルの作品を発表する異色作家として知られる。

夢《ゆめ》を売《う》る男《おとこ》

2013年2月26日　初版第一刷発行
2013年10月7日　初版第八刷発行

著　者　百田尚樹
編　集　小原央明
　　　　柴山浩紀
発行者　岡　聡
発行所　株式会社 太田出版
〒160-8571
東京都新宿区愛住町22 第3山田ビル4F
電話 03-3359-6262
振替 00120-6-162166
ホームページ　http://www.ohtabooks.com/

印刷・製本　株式会社 シナノ

ISBN 978-4-7783-1353-1 C0093